U0047203

LOCUS

LOCUS

LOCUS

LOCUS

to

fiction

to 47

我可以不是艾蓮妮

ΕΛΕΝΗ, Ή Ο ΚΑΝΕΝΑΣ

作者：麗亞・嘉蘭娜基（ΡΕΑ ΓΑΛΑΝΑΗΚ）

譯者：汪芸

責任編輯：莊琬華

美術設計：何萍萍

法律顧問：全理法律事務所董安丹律師

出版者：大塊文化出版股份有限公司

台北市105南京東路四段25號11樓

www.locuspublishing.com

讀者服務專線：0800-006689

TEL：(02) 87123898　FAX：(02) 87123897

郵撥帳號：18955675　戶名：大塊文化出版股份有限公司

總經銷：大和書報圖書股份有限公司

地址：台北縣五股工業區五工五路2號

TEL：(02) 89902588　FAX：(02) 22901628

排版：天翼電腦排版印刷有限公司　製版：源耕印刷事業有限公司

初版一刷：2007年 7 月

定價：新台幣 280 元

Printed in Taiwan

ΕΛΕΝΗ, Ή Ο ΚΑΝΕΝΑΣ

我可以不是艾蓮妮

ΡΕΑ ΓΑΛΑΝΑΗΚ 著

汪芸 譯

第1部

1

女孩倚在面對大海的低矮陽台欄杆上。帶鹽分的海水從未回映出一個人的形象。它的藍是童話故事的藍，這就是爲什麼它沒有映照出她的形影，卻把她拉進了一個不同的世界。少女時代，她會觸摸它，把自己交給它，把這件事當作一種遊戲。如今她成年了，她把它看成一種比自己偉大的東西。藍緞子鋪展開來，裹住她世世代代祖先的婚禮花環。或者，就像那種包覆幸運死者的藍紫色喪服的細亞麻布，這些幸運兒從遠方的旅行歸來，埋在那塊土地上，受到自己女人的哀痛悼念。島上幾乎所有的男人都靠大海維生。除了會說亞凡尼提卡語[1]，還有少數人會用希臘文寫字，這些人一生聽到的只是在狂風吹襲或奮力搏鬥的危險時刻的海洋怒吼。他們對自己知曉大海的方言感到自豪，他們知道所有字彙，連最懼怖的字眼也明瞭。當他們歸來，躺在自己的伴侶身邊，或者當那些富有的人一面數算著自己的弗羅林，一面規劃下一次航行的時候，那些字都無法重述，儘管它們的回音一刻也不曾離開過他們。

時當一月，海面平靜。女孩思索著，每年一月都很平靜，所以有這樣的傳說，有個生著翅膀和鳥喙的女人飛到沙灘上產卵。她往前靠，身體向前伸展，扯直了箍著腰的裙子。石子有灰的和白的，閃閃發亮。她原本可以發誓，她在它們當中看到過小小的蛋。她想到，或許童話故事有可能被形成物質與光線的場域吸收，就像傷口被受傷的身軀吸收。她感覺平靜些，又凝視了許久。然後，她攬起長裙的裙襬與荷葉邊，跨坐在陽台欄杆上。她忘了自己不再是孩子，也忘了，縱然在兒童時代也一樣，她生下來就不是男孩。她攤開紙，拿出鉛筆，開始畫畫。

❶亞凡尼提卡語：Arvanitika，希臘的阿爾巴尼亞裔居民亞凡奈特人（Arvanite，即亞凡尼提斯人（Arvanitis））使用的語言，源於阿爾巴尼亞語，「亞凡奈特人」在希臘文的意思是「阿爾巴尼亞人」（Albanian）。亞凡奈特人大多信仰希臘正教，在種族與國家認同上，都認爲自己是希臘人。直到十九世紀，他們仍是希臘南部某些地區的主要人口。

坐在同一棟房子的陽台上，艾蓮妮❷想到自己生命的盡頭，到那時，世界依舊是個美麗的所在。美麗的所在，當種種鮮豔的色彩吸納了這世界的倨傲、懲治與憾恨。因爲漆黑的筆觸，在尚未察覺哀痛情感的時刻，僅僅爲了照亮這世界的藍而存在。但是她再也不能發誓，像小時候一樣發誓她看過翠鳥❸下的蛋，堅持鮮豔與哀痛都跟這個女人，跟她自己，有關。更確切的說，對她來講，在她一生的過程當中，不同的女人，一個接著一個走上了同樣的路。她們當中的每一個，在生出下一個之後，就這麼消失了。

那天早晨，在艾蓮妮走到她父親蓋在海邊的樓房之前，他們把那棟房子圍著鐵欄杆的地下室當作儲藏室，把通風的樓層當作避暑的住所，在卡斯特利（Kasteli）的祖傳房屋

❷艾蓮妮：Eleni，指 Eleni Altamura-Boukoura，希臘女畫家，生長於希臘的斯派采島。

❸翠鳥：Halcyone，亦指希臘神話裡的風神之女海爾賽妮，她與晨星之子科宇克斯（Ceyx）原是恩愛夫妻，科宇克斯遭海難後，海爾賽妮投海自盡。宙斯爲其深情感動，將他們變成翠鳥。每年冬至（十二月二十一至二十三日）前後七天，翠鳥築巢產卵，大海風平浪靜，後人將這段時間比喻爲太平時期或美好時光。

發生了不尋常的事情。港務長跑了過來，他跑了一整條路，從大天使教堂，經過市政廳和商店，一步也沒有停。由於上坡，他劇烈地喘息著。一走到科諾皮斯塔溪對岸的住宅區旁邊，他就停下腳步，歇口氣。克里西尼斯家族，或稱波克拉斯家族，設有防禦工事的大房子就在這裡。就像港務長和顯貴要人擁有的其他房子，這棟房屋也是在過往居所的灰燼上建起來的，沒有人知道它有多麼古老。因爲當外來的土耳其裔阿爾巴尼亞人進入斯派采島（Spetses），把定居島上、信奉希臘正教的阿爾巴尼亞移民的古老住所焚毀時，戰爭的灰燼覆蓋了一切：被殺害的人的臉孔，房屋殘骸的焦炭，被追逐的一方的洞穴，小海灣的溫柔，連靜悄的松針也被蓋掉。一段短暫的時光過去了，灰燼洗去，一群嶄新的人露出來，在記憶上更加執拗，在決定上更加審愼。島上的居民再也不會屈服於奧爾洛夫伯爵正義凜然的錯誤領導，也不會屈從於隨之而來的毀滅。時間再次顯出吉兆。新房子在舊的上面蓋起來，島上的商船隊成倍的增加。在蘇丹的許可之下，擔心海盜的商船隊全副武裝，往來地中海各地，甚至開到以直布羅陀海峽爲邊界的熟悉世界之外。肉眼可見的世界，由於在島上存在了近五十年的緣故，隨著財富與權力日趨繁榮。同時，存在於可見世界裡的不可見的回憶世界，在某種藉口再次湧現之後，必須找出解決辦法。

港務長察覺到，這棟三層樓的房屋不再處於最佳狀態，但是一看到這些杏仁樹提早綻放花朵，就忘掉了這件事。花園牆頭的高枝包住這棟素樸的石砌樓房，房子外層像裹著一層白玫瑰色的泡沫。春天的第一道波浪，他想，對他來說，這棟房子以難以察覺的方式變得矮了些，像一艘船，允許自己在春日的第一個許諾中沉沒。再過不久，所有大大小小的船隻都會出來。這些來自商船隊的船隻，曾被這個島嶼丟下，當幾年前這島獲得解放的時候。然後，你可以穿越港口，沿著踏腳板，從一片甲板走到另一片，完全不必沾濕你的腳。他對這個航行的新點子感到興奮，因而響亮的敲著大門。他覺得好像等了幾小時那麼久，屋裡有隻狗在高聲咆哮。他又敲了敲門。有人把獵犬拉開，打開大門。

港務長似乎完全不關心開門的人是誰，對於他所踏過的鋪滿院子的鵝卵石地，也沒有絲毫興趣：一片潔白的鵝卵石海洋，上面航行著黑色的柏樹，許多滿是鮮花的黑色籃子，還有黑色的鹿。他只在這隻雙頭鷹和這面旗子❹前停了一下。由於它放在門口的台

❹雙頭鷹的圖案常見於歐洲各國徽章和旗幟。今日若干斯拉夫和東歐國家仍以這種圖案爲國徽或旗幟，雙頭鷹引用自拜占庭帝國的國徽。拜占庭帝國即東羅馬帝國，時間爲西元三三〇至一四五三年，主要文化爲希臘文化。

階上，走向這棟房屋的每個人都得停下腳步，省思這個象徵的意涵。他到了。雅尼斯・克里西尼斯・波克拉斯船長走到門口來跟他見面。他的三個女兒焦慮地站在他身邊。船長的妻子瑪麗亞最後出來，一手抱著他們唯一的兒子，另一手整理她的刺繡頭巾。港務長把頭上的土耳其小帽舉起來鞠躬，按照最近的節日習俗，祝福他們長壽，得到好運。船長請他不用多禮，邀他走進客廳，並叫一名女傭送上咖啡、甜點和兩根大煙斗。他的妻子把嬰兒交給保母，要她照顧兩個年幼的女兒。她和長女艾蓮妮走進客廳。

她的長女，最得父親喜愛的女兒。與其說是因爲出生的時間好——儘管人們總是把她的孕育和出生與革命那年連在一起——還不如說是因爲她像他。同樣的，與其說外表像他，還不如說是膽識和自尊自重像他。這個女兒在暴動頻仍的混亂年代裡長大，根據她父親的看法，這件事跟她對繪畫的熱情無關，它實在不是她喜歡畫畫的原因。他根據個人經驗解釋道，那些年月把每個人，年輕的和年老的，裡面的東西喚了出來，讓他們表現出比正常環境下更多的特質。是善是惡並不重要，但是絕對比正常的時候要多。這種情況特別容易出現，就像有時奇蹟突然出現，在消逝之前，用一道紅光浸透了一切。

雅尼斯船長對女兒熱愛繪畫並未追尋進一步的理由，因爲必定有一個奇蹟持續存在，而這個奇蹟多半無法解釋。讓艾蓮妮藉著鑽研文學與藝術來說明她自己，因爲這段時期允許顯要人物或較富裕的自由門士的女兒們享受良好的教育，即使大海永遠操縱在男人手中。即使有了這些奇蹟，有了最近發生在大海的這些奇蹟，他仍不可能看到長女統馭一艘裝有大砲的商船，當然，還有海盜船。她也不可能到海上去打仗，即使他太太告訴他，他們的長女，比起小的兩個，更喜歡坐在門口的台階上，聽婦人們說故事，從日暮到深夜：在那些年裡，許多故事都是從島上「偉大女士」[5]的傳說發展出來。說到她的名字，島上漁夫的妻子們總是壓低嗓音說話，幾乎帶著懼怕，彷彿她的靈魂無法得到徹底的安息，依舊徘徊不去。她還沒有活到老年，他們就殺了她，在這個島上。他們不分青

[5]「偉大女士」（Great Lady）：西元一八二一至一八二九年，希臘人在外來協助下，脫離鄂圖曼帝國的統治。這場戰爭中有位女英雄，是斯派采島的拉絲卡瑞娜．波柏利納（Lascarina Bouboulina），她率領船隊跟土耳其人和埃及人作戰，後來成爲希臘人心中愛國、犧牲與勇敢的象徵。她於一八二五年五月二十二日，在島上科提西斯（Koutsis）家族的一場衝突中遭到槍殺。

紅皀白地在爭吵中槍殺了她，那爭吵起於兩個重要而敵對的家庭之間，她的家庭和另一個家庭，當她的兒子跟他所愛的、來自對方家庭的女孩私奔。許多年來，沒有人說出兇手的名字，儘管他們都知道是誰幹的。所以，這些婦人繼續唱著哀歌，暗暗指向這個家族，這顆亞凡尼提斯的子彈，並且把她們的聲音投向遠方，落在拉絲卡瑞娜著名的降生上。她們一致認爲，生在君士坦丁堡的地牢裡，以這種方式來到人間以後也不可能有什麼發展，因爲年輕的母親經歷了最大的艱難，想辦法到牢裡跟垂死的丈夫見面❻，他在奧爾洛夫事件中，以對抗土耳其的鄂圖曼帝國的叛亂罪名被打入地牢。他臨終之際，妻子在身邊產下他們的第一個孩子，一個女兒。就是這個女兒，在還不會說話的此刻，就用吐出的第一口氣息立誓報仇。就是這個女兒，在這個島上，兩次在教堂裡當新娘，又兩次成爲寡婦，產下七名子女。就是這個女人，在暴亂中成爲領袖與船長，在船上掛起

❻拉絲卡瑞娜生於一七七一年五月十一日，當時她母親絲卡佛（Skevo）到監獄裡探望丈夫皮諾西斯（Stavrianos Pinotsis）。皮諾西斯因參加一七六九到一七七〇年對抗土耳其人的伯羅奔尼撒戰爭（Peloponnesian）而遭到囚禁。當時斯派采島因參與對抗行動，幾乎徹底被土耳其人摧毀。

自己的旗子。她站在著名的「亞格曼儂號」上，指揮自己的船隊。這艘船後面，跟著她的兒子們和女婿們的船。

當這些婦人持續唱著哀歌，有時將「偉大女士」的痛苦與事蹟合而爲一，有時各自分述，並將其一解釋爲他方的原因或結果。那時艾蓮妮還小，她傾聽著，在心中塑造這些形象。兇殺案發生時，雖然她只是嬰兒，但她對鄰居說她記得拉絲卡瑞娜，並描述她的長相。這些婦女覺得，或許她明瞭這件事的方式，就像聖像畫家明瞭看不見的聖徒，當那些聖徒來到他們的修道院斗室裡，或是在畫家的夢境裡，灑下香甜馥郁的沒藥。此外，那些年裡，其他知名畫家也畫了他們的「偉大女士」，有時站在船上領導作戰，有時在馬背上，有時站在大理石柱旁，揮舞出鞘的長劍。在另一幅畫作中，這位女士在受到細心照看的花園裡，頭髮裡插著玫瑰，左手提著一籃鮮花，右手拎著蕾絲方巾。然而沒有一種描繪她的方式近似艾蓮妮看她的方式。她長大後，帶著事實與傳說容許的懷疑，繡出了「偉大女士」的嬰兒肖像。當她看到某些描繪這位女士的作品，如今她已成年，她明白了這一點。現在，她已經領悟到，藝術本身的自由度存在的結果，使其可以透過不同影像來呈現同一個人，或是僅僅因爲一個人永遠包含了更多形象。

港務長，雅尼斯船長，他的妻子瑪麗亞，還有艾蓮妮，一起走進寬敞、統艙式的客廳，客廳位於房間與工作區上方。它的十六扇玻璃窗讓大量的藍色湧入房內，雅尼斯船長在客廳走動時，總覺得置身於開闊的海洋，在「海馬號」，他最後的一艘大船上。他察覺到，每一片海洋都隱藏著無法逆料的危險，即使是只存在於心中的海洋。想到這裡，他立刻被拉回現實。他全家人的寧靜可以輕易的變成暴風雨，讓家中每一分子陷入危險的境地。港務長這麼早來，手裡緊張的握著一卷羊皮紙，他想不出港務長來他家的目的。他必須作好準備，迎接任何事情，他想，他的獨子仍在襁褓之中，他淺淺啜了口咖啡。在過節的時候，無論發生什麼事，儘管節日剛結束，這事都跟全家人息息相關。他等待著港務長說出必須說的話時，眼光從最近的一扇窗看向海洋。這次意料之外的來訪結束後，他必須往下走，去到海邊的那棟房屋。他答應艾蓮妮要帶她過去，因爲她喜歡到那裡畫畫。

港務長終於把羊皮紙交給他，說這是不久前從比雷埃夫斯港（Piraeus）用船送過來的，上面寫著立即送交雅尼斯。雅尼斯船長打開羊皮紙卷的紙套，看到幾行字，底下是蠟封與簽名。他要艾蓮妮看看寫的是什麼，因爲在場沒有其他人看得懂希臘文。艾蓮妮唸出來並解釋道，蠟封與簽名是希臘國王奧圖一世的❼。國王稱讚雅尼斯船長在航海方面的技術與知識，以及他在最近一次危險航行中表現的卓絕勇氣。她的聲音，由於接受歌唱課程而培養得很好，有時因飽含情感而微微顫抖，有時展現深刻的旋律，含蓄的表達出她將要成爲的那位女性，這名女子穿著男人的服裝，參與其他危險的航行。唸完的那一刻，她和父親以含淚的目光相互凝視。船長先移開眼神，沉默半晌，要艾蓮妮再唸一遍。他傾聽這些讚美的話，專注的，嘴唇以極細微的動作開合，顯露出他正將某些重點牢記在心。然後，他站起來，把羊皮紙放進牆上的碗櫃裡。他忘了關上櫃子的門，就沿著牆邊一路走回原來坐的木製長椅。沒有人說話，在這一刻與國王盛讚的要求下，他們等著他開始述說這件事的經過。雅尼斯船長開口了，用亞凡尼提卡語，讓他們憶起他

❼奧圖：Otto，希臘自十五世紀以來被土耳其人佔領長達五世紀，一八二一至一八三〇年希人起而反抗土耳其人統治，得到英、法、俄支持獲得獨立，在列強安排下恢復帝制，由巴伐利亞王子奧圖爲首任國王，在位時間爲一八三二至一八六二年。

們熟悉的方式。

去年，在西班牙的卡迪茲港，雅尼斯船長賣掉他的商用帆船「海馬號」，換得整整五萬科隆。在這個出名的商港，他沒法得到一個更好的價錢。在這裡，許多船隻每天來來去去，前往世界的各個地區，尤其是豐饒的美洲大地。在美洲新大陸被發現以後，卡迪茲這個從希臘人的時代及阿拉伯人掌權的時代就爲人所知的天然港口，如今變得極度重要。

他賣掉他的船，一艘完工四年的船隻，這是因爲他即使缺乏貨物，也沒法空著船回到斯派采島。至少當時船長是這麼說的，儘管在這位航海家心中，其他的想法開始揚帆啓航。最近，當他在早晨用淡水清洗他自己，一種比海洋氣息更持久的鹹味停留在他的頭髮與八字鬍上：一種確定的跡象，顯示那片令人乾渴的領域開始呼喚這個水手。這讓他看起來很像他父親，村中的長者和島上最後一位鄂圖曼帝國的總督。因爲他就是這樣記住了父親的第一個形象，微微濺著鮮血持久的鹹味。他們家族的人相貌總是俊美，儘管他的女兒並未全部遺傳到，他聽到婦人們拿錢打賭說，他兒子亞納塔西斯也會相貌出眾。比如說，艾蓮妮已是成年女子。一個堅強的靈魂，像一艘船的牢固船身，已在迥異的海域測試自己的力量。他無法否認，它們的未知水域也吸引著他，讓他想進一步認識它們。然而他知道，他的航海技術還不夠。斯派采島從未出現過一個這麼有膽識，這麼自行其是的女孩，彷彿是他們的「偉大女士」飽受折磨的身影落到了她身上。他可以信任他的長女，就像他能信任一個跟她同齡的兒子，而他是第一個承認這件事的人。就像他也承認，家教老師來家裡給女兒們上課時，他經常跟她們坐在一起學習希臘文。他想，希臘應該得到啓蒙，從這頭到那頭，藉著這些老師的心靈，讓他的女兒們也能了解，儘管她們現在仍然天真無知，那些人是爲了哪一片國土而拿起武器的。更進一步說，爲了什麼理由，近來的情況出現轉變，讓他這個天生的水手無法詮釋種種關乎明日天氣的跡象。當他聽到老師們說，經過了幾百年，希臘可以統一他曾去過的所有港口，組成一條通道時，他感到驚異。他曾兩度乘自己的船遠至美洲，因此知道老師說的這件事永遠不會發生。他繼續抽菸，並未糾正這些有學問的人。與其說他不太表達自己的意見，一位船長的意見，不如說他了解這個國家需要奇蹟。尤其是現在，當幾百年來懷著流浪渴望的希臘的鬼魂終於入了港，它需要把一切的文件整理得有條不紊。

就像他乘船去到卡迪茲時，這些適當的文件救了他，讓他免受損失。有了賣船的錢，他買了一艘便宜的單桅輕帆船，一艘五個長度❽的釣船，一艘所謂的「拉提娜」❾。他把這些科隆鎖在一個小盒子裡，再把盒子放進大皮箱，皮箱裡塞滿衣服，還有他的航海圖與羅盤。他把文件用布包好，放到皮箱裡的襯衫底下。然而他發現，要找到兩個水手跟他一起上路極為困難。他原來的水手當中，沒有一人肯冒險乘著這樣老舊的木船出海。他答應給雙倍薪資，他們仍不為所動。他開始絕望。當然，他可以自己想辦法回家，例如在某艘船上當個乘客。但是當他想到，他再也不能吸引別人投入自己的賭博，這念頭讓他煩躁不安。因為這是一場生與死的賭博，賭他能否從卡迪茲乘著「拉提娜」回到他的島嶼。這些水手不肯跟他去，他們知道，雅尼斯船長此行是在跟大海道別。他的頭髮開始變灰。不管是誰，只要跟大海告別，就必須投入一場最後的戰爭，跟海上的喀戎❿

❽五個長度：five lengths，length 為船隻的長度單位。

❾拉提娜：Latina，有桅杆的木質帆船，「拉提娜」原為意大利羅馬東南部的工商業中心，亦指拉丁婦女或女孩，歐洲人喜歡把船比做美女，故採用「拉提娜」一詞。

❿喀戎：Charon，希臘神話中冥府的引渡人。

搏鬥。如果他擊敗了咯戎，他就是準備好了。

雅尼斯船長過去在其他的情況下看過他，跨坐在墨黑的巨浪頂端，洶湧著投入戰鬥。他一手握著三叉戟，發出狼嗥般的叫聲。他的臉永遠被稀薄纏繞的泡沫覆蓋，因此沒有人能描述他的長相。只有那些即將滅頂的人能在那一刻看到他，一個最終的、強制性的禮物。然而，無論一個水手的靈魂剩下什麼樣的未來，當他們進入自己所愛的人的夢中，也永遠不許說出他那惡魔般的相貌。身爲年老的水手，雅尼斯船長很習慣這些無法逆料的決鬥，儘管有一絲恐懼落下，新手的恐懼，總是玷污他的海上世界。爲了從海上除去這個污點，好讓，無論誰存活下來，回想起來都是潔白無瑕的，向大海道別的這人必須率先挑戰海洋的擺渡者，跟他進行一場最後的競賽。

這些水手在這場面對面的衝突中裹足不前是對的，他們察覺到這次並未輪到他們，他們只是陪他去，而且這次的航行特別危險。最後，他舊時的兩個水手同意跟船長上船。這位船長主張，發現新大陸不該被視爲一件非凡的事，因爲哥倫布——就像每一個擁有才智的船員——本來就應該期待那裡存在著一片土地。跟著他們的船長，也就是說，一個曾經四度橫越大西洋，每次都帶回更豐富的海洋經驗與正大光明賺來的錢。此外，他答應給他們非常高的薪水。無論如何，他們明白，即使他們閉口不談，要是沒有兩名助手，這場已經確定的賭博就無法進行，因爲一個人不可能獨自駕著「拉提娜」出海。如果他們經驗老到的船長贏了這場賭博，這就跟他們贏了是一樣的。何況他們只是平凡的水手，除了在現場當助手與見證人，他們對這場競賽的崇高尊榮沒有其他的義務。

他們經過直布羅陀海峽，進入地中海。「拉提娜」處理得不錯，他們駛入開放水域，開往馬約卡島（Majorca）。在那裡，他們遇到不利的天氣，讓他們無法下錨。他們盡了全力，但是天氣不停的把他們拉回大海。這時，唯一的桅杆折斷了。是他。雅尼斯船長明白，他把手上的長劍換成匕首。他們的帆很小，他叫兩個水手把帆綁在剩下的一小截桅杆上。他自己日夜守在舵旁，不離開一步。但是逆風隨著自己的意思，把他們吹向北非沿海的巴巴利地區。船長激烈搏鬥，好讓「拉提娜」轉向，朝著大熊星座前進。他們來到西西里島和非洲之間的潘特萊亞島（Pantelleria），島上只有一座休眠火山、溫泉和若干貧窮的漁村。他們的方向舵裂開了，只得用槳前進，現在終於能繫船上岸。似乎有位上帝的天使拯救這艘船，讓它免於毀滅，安全登陸。他們必須修好方向舵，否則哪裡也去不了。他們尋求當地居民的幫助，但是完全沒有用。居民把他們看成海盜，一點也不相信他們說的話，並且要他們趕快離開，因爲他們身處險境。雅尼斯船長不斷努力，把他的航海圖拿給居民看，說明他的行程。儘管居民知道這些航海圖是眞的，他們仍心存疑慮。最後，經過內部的討論，他們同意幫忙修好方向舵，因爲航海圖是眞的，但是修好以後，這些人必須把船開走。居民修好了，收了五科隆的費用，但是卻不讓他們上岸。他們駕船離去。在西洛哥風⓫的吹拂下，他們順利前行，直到天氣變壞，他們再次遭遇困難。他們來到伊古邁尼察島（Igoumenitsa），就在科孚島（Corfu）對面。這裡距離希臘本土只有一里格⓬。然而惡劣的天氣迫使他們留在港中達兩星期，直到風平浪靜才上岸。在水上待了三十二天之後，他們回到了斯派采島。而且——港務長回想——他們在夜晚靠岸時，他沒有值班。他們叫值班人員去他家通知他，說雅尼斯船長帶著兩個水手回來了。船長叫他來作記錄，好讓他們上岸，因爲他們還在檢疫期間。他來了，問了一些話，給了文件，他們便上岸了。

⓫西洛哥風：sirocco，吹過地中海和歐洲南部、從南方或東南方吹來並帶來雨和霧的濕熱風。

⓬里格：a league，里格爲長度單位，1里格約爲4.8公里。

時當一月，雅尼斯船長回到家中，他又結束了一趟宛如童話故事的秋天航行。他知道，對於同一個童話故事，每個人聽到的部分各不相同。因爲如此，這些故事活下來，不斷發展，每當有人敍述它，它的意義總是超越說者的言詞。他不知道他們聽到哪些關於他的傳說。還有，除了實際發生的事件之外，他們是否也聽到了，當某人開始說這個故事時，不請自來湧入這人心中的所有念頭。畢竟他比較不在意別人聽說了什麼，他在意的是更重要的東西。他打贏了這個賭，但並不覺得滿意。他不知道該把心中的焦慮歸咎於什麼。他想，也許是因爲他決定，按照時機和他的社會地位的要求，把全家人搬到不久之前設爲首都的雅典。然而雅典是個沒有海的地方，他不是還想旅行，而是想在眼前看到它，聽到它，聞到它，在心中體驗它。他讓討論朝向俗事與熟悉的事，同時他想，拿破崙至少曾經很接近過這個島嶼，他的女兒有一段時間也在此上過法語學校，它的居民多是亞凡奈特人，拿破崙是透過商業、航行與一起打過的戰爭來知悉這個島。在拿破崙來到希臘首都的短暫時期，這個島受到良好的待遇。但是那顆結束總督生命的子彈，讓拿破崙與鄰近島嶼的連結宣告結束。此後他們必須適應新的環境。

雅尼斯船長的心中轉著這些念頭，港務長一走，他就往下走到海灘上那棟拿來當作儲藏室的房子，艾蓮妮跟他在一起，還有一個男人，是他們穿過市場時，叫這人一起來的。兩個男人談話時，艾蓮妮走到外面凝視大海。她最喜歡藉著這種方式，更清楚的了解自己的感受。這唯一的影像由海水授與，儘管爲肉眼所不能見。

如果他再也不會擁有一艘船，也沒有關係。在他的一生中，艾蓮妮的父親總會從最遙遠的航行回返，帶回這個海員最寶貴的東西：他的歸來。即使他每次回來，都比之前更富裕一些，一直到那時都是如此，他到家時永遠是赤裸的，神聖的。他女兒愛上的大海跟商業和金錢全無關係。航行於大海的另一種意義，把他們兩個與一種概念式的故鄉連結在一起。最重要的是，雅尼斯船長是爲了這個故鄉而戰鬥，因爲他讓自己的生活在這棟房屋的儲藏室裡腐爛。

這棟洋紅色的房屋，在他去美洲的一次航行時買的，花了他四萬法郎。對於這房子的主人來說，買下它是雙重損失。它一直賣不掉，因爲爆發革命，雅尼斯船長駕著自己的船出海打仗，沒太重視跟自己有利害關係的事。許多年來，他的紅色房屋逐漸腐爛，佈滿廚房旁邊、一間儲藏室地面的馬爾他磁磚。艾蓮妮記得這房間逐漸朽壞，直到有一天它消失了。當時她還是孩子，沒有多想它碰到了什麼事。無論如何，她一直畏懼著這堆實質上已經石化的粉屑，她把手指伸進粉屑裡，拉出這些磁磚，她發現它們是用鮮血染紅，因爲她不斷聽說，屠殺與戰鬥多年來持續發生。還有一點讓她更害怕這件事，那就是她不知道這些石化的鮮血屬於基督徒，還是鄂圖曼帝國的亞凡奈特人，還是希臘人或其他國家的人。曾經，她想，它是老舊的，石化的，它可能是這位尚未復仇的女士流出的血。但是她從來沒有想像過，這可能是她父親的血，從來沒有藉著這種方式，用兒童的純眞魔法來保護他。這就是爲什麼，當她父親一次次從與大海搏命的戰鬥中歸來，她從不會感到驚訝。

在他的一生中，他總是以船長的身分回來，即使從那時起，他們的生命就永遠的改變了。她攤開畫紙，開始畫這石子，這翠鳥，這海員的歸鄉，好讓它們栩栩如生的留存在她心中。

2

多年以後，每當感傷鬱悶的情懷將希臘第一位女畫家拋到洶湧世界的尖銳岩石上，只有極少的影像能流入線條與色彩。跟她早年的焦慮相反，現在艾蓮妮想知道的不再是繪畫如何傾瀉而出，而是如何走向乾涸。她尋求了解的努力讓她立刻上了愚人的船。她乘著這艘沒有船長的帆船出航，在航行中，婚禮的讚歌與慟哭的哀歌互相混淆，在關於她所愛的人的微小而毫無關聯的句子上，那些標記出長長一生的路程的句子。「別忘了你是希臘人。」有一次她父親對她說。她從未忘懷，但她也沒有解開這個句子的謎題。這謎題就是，當她這艘沒有船長的船在水中掙扎遇險，船長爲何突然出現。他轉了舵，然後離去，並且對她說，不要抱怨這位死者倏忽即逝的來訪。

多年以後，艾蓮妮想不起父親第一次對她說出這句話，究竟是在何時，是她在搖籃裡的時候，還是在船上，把他們帶到比雷埃夫斯和雅典的時候，他們的生命在這個時刻發生改變。後者較有可能，但她把這個謎留在心中，可能是因爲它仍然模糊不明，且與剛獨立不久的年輕希臘互相連結，也可能是因爲一個極爲重要的事件，遮蔽了那次航行所有其他的記憶。就在這艘船出發前，在碼頭擁擠的人群中，人們拿著行李，裝載物品，說著再見，乘客們發出許多指令。艾蓮妮看到一個很像自己的少女。同樣的衣服，同樣的帽子，在細緻蕾絲面紗底下，眼裡定定流出同樣緘默的凝視。她在揮手，還是在喊著一句話？艾蓮妮非常害怕自己沒法分辨。她強迫自己移開視線，但是船一離岸，她就好奇、迅速地重新看了一眼。這女孩不再站在鵠立的身影中，隨著人群越來越小，他們也越來越陰暗。她想，任何一個能畫畫的人都會把他們看成站在對面，所以她應該再也不怕自己看到的某個或許多個東西。現在她安心了，她抬眼凝視風帆圓鼓鼓的肚子，也凝視著一片新的土地與一個新生活的允諾。

然而，她再也沒有穿戴過那身衣服，還有那頂帽子。她宣稱說，她的身體突然成長，當然她的確在成長，不過並非突然而快速的轉變，而是以一種溫柔的優雅姿態流現。無論如何，女裁縫來到他們在雅典的房子，就在普拉卡區，爲她和兩個妹妹量身訂做女校的制服。在往後的年月中，潔白的滾邊和潔白的領子會照亮制服的深黯布料。它也會照亮她們年輕的臉龐，這些臉龐無論如何都會發亮，在腦後緊編的一條辮子的光暈下，或是在大而白的緞帶蝴蝶結的光暈下。下課的時候，艾蓮妮總是坐在角落，畫學校裡的女孩，她想，或許最重要的是制服的統一性，這讓她藉著研究每個女孩的臉孔和動作，發現了她們之間的差異。或者，由於她不能像過去那樣的盡情畫畫，如果這種情況有時發生了，這隻手轉向單一的對象，例如，當女孩們在玩耍、作夢與竊竊私語時的臉孔與動作。因爲海水、倒影與童話故事的遊戲，無論何時，只要她回想起來，就感覺它輕飄飄的，如果她在心中緊緊抓住它太久，這遊戲就會變得深黯。現在黑暗拒絕來到她手中，拒絕流到畫紙上，彷佛青春期的艾蓮妮沒有力量來掌控它。她也沒有那些兒童玩遊戲時，認爲他們正在行使的對世界的力量，以及成熟的藝術家試著透過藝術來運作的力量。她參與最眞實的遊戲，但是她更常坐下來畫畫。這些女孩擺定姿勢不動，然後要她把畫送給自己，作爲友情的象徵。艾蓮妮會把畫給她們，來鞏固女孩之間脆弱的友情，這友情從祕密的告白開始，帶著永恆友誼的誓言，帶著無害的嬉鬧。她把畫交給她們，儘管她已經領悟到，畫作屬於另一個所在，超越一般認定的、共同的處所，一個回憶能將它輕易地帶回來的地方。然而，她無法更具體地描述它，當來到那個特定的地方，她的亞凡尼提卡語和希臘語的言詞變得毫無用處。另一方面來說，要是一天不到那裡去，要是不在紙上描繪她的朋友，不離開她們的世界，以便觀察她們，她就活不下去。對她來說，離開與觀察是一種正常的作法，但是這種作法不適合其他的女孩，這個事實讓她得到一個結論，就是她或許跟其他同齡的女孩有些不同，跟她家族裡的其他女性也不一樣。與其說她的容貌與舉止跟別人不同，不如說在其他較不顯眼的事情上有所差異。她擔心這種差異會把她帶向何方。

她筆直地站在教室裡，右手舉著。她手握著鉛筆，因爲被定罪的人，在戴上枷鎖示眾的時候，必須展示用來犯罪的工具。她察覺到，有些同學，那些她送過畫的人，看起來非常開心，彷彿艾蓮妮擁有掌握人體形貌的技能，因此必須受到懲罰。不久之前，他們還把這種罪惡稱爲友情的象徵。她既聰敏又勇敢，她很清楚何時下網，以便捕獲她們，就像賣藥的江湖郎中，或是路邊魔術師的作爲。無論如何，她對繪畫的熱情跟老師教導的裝飾性設計，以及女孩們製作的手工藝品所要求的服從沒有關係，這些女孩注定要成爲宮廷裡的貴婦人，或是富有資產階級的妻子，最重要的是，注定要產下男孩。艾蓮妮必須受到懲罰，因爲她不停地畫，不僅在下課時間，也在教室裡，在上課的時候畫畫。每一種熱情，根據老師的說法，必會慢慢變成一種悖離常軌的型態。而任何一種悖離常軌，對她自己，對其他女孩的行爲，對學校的聲譽，都會造成不良的影響。她完全不理會接到的無數次警告，警告她只能在指定的時間畫畫，如此才能確實的複製老師放在桌上、讓大家看清楚的物件：例如一個沒插東西的花瓶，或是一個用紙折成的立方體。這些年輕的淑女只能畫出老師允許她們看到的部份，必須精準的按照老師說明的方式去畫。從現在起，年輕的艾蓮妮必須避免在下課時間觀察與紀錄其他女孩的身體，從這些表面上天真無邪的藝術天分出發，可能會導致某種行爲，透露出與誘人但有害的肉體罪惡產生早期連結的跡象。

受到懲罰的這段時間裡，艾蓮妮並未向眼淚屈服。但是由於屈辱的緣故，這段時間感覺起來比較久，也比較不容易忍受。就在這一刻，她決定成爲畫家，不管發生什麼事，縱然這意味著她永遠跟同齡的女孩不一樣，與家族裡其他婦女不同。她會持定藝術的召喚和喜悅，許多人對這件事抱著懷疑的觀點，她的看法是天眞的，無論如何尙未進行探究。她不會結婚，不會養小孩，不會愛上藝術以外的任何東西。就算在學校她也不會順從。她會往上提升，成爲一個不一樣的希臘女性，因爲在她心中，她無法把這個迷人而要求很多的字眼，跟已婚婦女的卑屈生活，跟幼小的子女，跟對於罹病者與死者的義務結合在一起。她以對母語的信仰起誓說，只有死亡能讓她的手停止繪畫，她那自豪且桀驁不馴的心靈飄到她父親的海軍軍旗上，旗子上用希臘文寫著：「不自由，毋寧死」。她要求「偉大女士」爲她的誓言作見證。她立刻聽到波濤的聲音。她只看到一道光射進方格的玻璃窗，穿過教室，掠過牆上的膠彩畫。

拂曉之際，在睡眼惺忪的廚師尙未來到廚房，爲寄宿生準備早餐時，艾蓮妮用大披肩裹住白色的睡衣，來抵擋寒氣，或是避免睡衣白得顯眼而被人發現，她悄悄下樓，來到廚房。某些時候，她會謹愼的在學校空無一人的走廊上遊盪，根據高高的天窗裡濃烈的黑暗，數算她有多少時間。前一天她就注意到，他們在公共休息區點起多少蠟燭和燈芯。在第一道天光照下之前，她從寢室走下樓梯，偷走剩下的蠟燭與燈芯，把它們包在深色的披肩裡，然後回去睡了很短的一段時間，直到早晨的鐘聲將她喚醒。

到了夜晚，當值夜的舍監巡視宿舍，確定所有的少女都睡著了，拿著油燈離去後，有些女孩會跳到好友的床上，藉著聊天來抵抗睡意，她們不久便交出自己，進入剛開始萌發的夢境。這時，艾蓮妮會一根接著一根，點燃偷來的蠟燭與燈芯，悄悄地畫起來。漆黑的宿舍並未提供任何對象，但是艾蓮妮在腦中回想這一天記下的東西。他們不讓她在下課時間畫畫，不過沒有人想到要禁止她用藝術家的眼光看東西，也沒有想到要禁止她把這些影像儲存在腦子裡。她的夜間祕密繪畫讓她領悟到，在世界與對世界的描繪之間，往往存在著一段距離，這距離有時很小，有時很大。這件事一開始似乎造成束縛，但是後來卻證明並非如此，因爲它給了她自由，讓她在任何時間都能畫。她也逐漸明白，縱然是不久前記下的景象，它的特性也能教會她許多東西，至少不同於透過直接觀察與紀錄而學到的東西。一天晚上，她發現，白天太陽主宰了白色的畫紙，而用過的蠟燭發出的微弱光線，藉著它的暗示，讓她的素描更有力量。她同時察覺到，私下悄悄地畫，與在公開場合下畫畫，感覺是多麼不同。她想到，你狂熱渴求的東西，在某個階段，應該不許你得到，好讓你從另一個角度來看它。如果你在其他的時刻，從其他的角度來看它，懲罰就會顯得微不足道。

她第一次把自己的姓名寫在祕密繪畫的下方，用書寫體寫出希臘字母的弓型，以及長長的尾巴。她之所以在畫上簽名，並非出於自負，因爲她所欽佩的許多人永遠留在口耳相傳的文化裡，就目前來說，這遠比眼前這個無文的希臘更合理，更獨特。她的名字，艾蓮妮·克里西尼·波克拉，站在邊界上。它是一幅標語，說明了一個事實——這個青春期的亞凡尼提斯女孩有能力戰勝一所希臘學校的規定。

從那時起，每次她簽下自己的名字，她都會想到其他藝術家是否也用自己的名字來掩飾某種不合理的要求，更確切的說，來戰勝某種懲罰。

3

義大利畫家拉斐羅・賽柯利（Raffaelo Ceccoli）逃離兩西西里王國⑬時，第一個停留的地方就是科孚島。在這裡，由於當地有許多了不起的居民為他作保，使得這位藝術家、考古學家和醫生得到了庇護。然而這位來自那不勒斯的逃亡者並未在這個愛奧尼亞共和國的首都久留。傳說他的獨生女罹患肺病，促使他繼續南行，往更乾燥的氣候遷移。其他的說法指出，是政治理由讓賽柯利離開極度義大利化的科孚鎮，繼續往南遷移。無論

⑬兩西西里王國：The kingdom of the Two Sicilies，十五世紀中葉到十九世紀中葉義大利半島南部與西西里島合併建立的王國。

如何，雅典這個名字和當地對他開放的專業展望，吸引了這個無家可歸的漂泊藝術家。因爲他得到消息，這個名叫「藝術學院」的地方，在雅典的一所大房子裡開始運作，這房子過去是私人住宅。它已經有了眾多學生。對於這個小鎭來說，它那罕見的命運是從它那遙遠的——儘管是格外知名——陰影裡得到重生，而重生需要無數工匠與建築師來擔任助產士。沒過多少年，肖像畫家、濕壁畫畫家、石匠、建築工、鐵匠、車床工、木工、製造馬車的工人、兵器工、印刷工、書籍裝訂工、畫家、雕刻家和建築師，加上小學生和大學生，便擁擠著進入教室、地下室與學校的閣樓，藉著從過去萌生的當下，以學徒的身分效力。因爲，學院開始運作的時刻，也就是賽柯利抵達科孚島的時候，這時，數百名學生湧入學院修課，課程安排在星期天，好讓施工中的建築不致進度落後。大多數學生不能讀也不會寫，除了藝術課程，學校還給他們上額外的語言課。這不是休息的時候，因爲這個荒誕故事的轉變和資金的流動，從這片在希臘獨立戰爭中被摧毀的土地上，匯聚了各處的人，讓他們投入營造業，並且創造出學習技能的嶄新需求。

雅典的氣候比較適合賽柯利的幼小女兒。實際上，天氣好的時候，他帶她出去散步，收集香草與藥草。賽柯利當場就把它們分開，裝進布袋裡。回家後，這些植物慢慢乾燥，鋪開在涼爽的房間裡。賽柯利再次查看十幾本拉丁文和希臘文的指南，他逃走時只帶了這些書。然後，他用臼搗碎若干乾葉，將粉末留在臼中，把多種配料加入剩下的乾葉，再把乾葉分別放入藍色、褐色、綠色與透明的玻璃瓶中。他封好瓶子，貼上標籤，標明內容。這些藥物在普林尼[14]與狄奧斯柯利德[15]的時代就已爲人所知，後世仍有人使用，但藥效存疑。對於賽柯利來說，經過測試的藥方是不夠的。他相信空氣、陽光和這片古老土地的善良精靈，總有一天會對他獻上靈藥，拯救他獨生女的性命，讓她脫離死亡。

賽柯利經常帶著女兒作長長的散步，去到他只在書上看到過的地方。每當他的源頭的眞相在大理石雕刻品的碎塊裡閃耀光芒，在破裂的石塊中，從泥土裡冒出來，雜草與野草，他便感到興奮激動。他放開女兒纖小的手，用他的粗大手指，溫柔的把石塊清理

[14] 普林尼：Pliny，西元一世紀的古希臘編纂家，著有《自然史》（*Naturalis Historia*）共三十七冊。

[15] 狄奧斯柯利德：Dioscorides，西元一世紀的古希臘著名軍醫，著有《論藥物》（*On medical matter*）。

乾淨。儘管已經破碎，復活的完滿世界卻給了他希望，讓他相信有可能擊敗死亡，即使只是部分的。如此，他的女兒眞的好了。他們快樂的回家，賽柯利雇了一些工人，準備把這個破碎的大理石雕刻品運回去，當然，它若太大就另當別論。往後幾天中，他久久的用欣賞的目光凝視它，有時改變觀看的角度，有時撫摸雕塑的殘骸，有時覺察到，他摸到了幾千年前創造它的不知名藝術家的那隻手。

賽柯利狂熱的喜愛散落的古代材質，他在信紙上蝕刻出古代紀念碑的線條，不停的寫信邀請朋友造訪雅典。身爲他的時代的一員，在一個重新分類與實驗性觀察的時代裡，他並未忽略要細心觀察當地的民眾。例如他們歡迎歐洲人，以便彌補看上去缺少的——尤其對外國人來說——能供應本國所需的英雄人物。賽柯利寫信給朋友說，這位畫家、建築師與醫生每一次看到巴特農神殿和躺在它四周靜靜曬太陽的那些穿短裙的希臘男子，都會深感驚異。他畫過這一景，但是他的朋友們若能親眼見到這幅非凡的景象，這樣會更好。無論何時，只要他們對他信中的話不表信服，賽柯利就會把大理石碎片裝進小盒子裡，再放些具有神奇療效的乾燥藥草，然後把盒子寄給他們，當作雅典土地的美好事物與隱藏寶藏的使者，除了這些，這片土地在所有層面都很貧窮。

賽柯利不久就獲得卓越的名聲，以描繪肖像、十九世紀支持希臘獨立運動的人，以及風景和寓言知名。他運用他在身邊的山坡地看到的豐富泥土色調，藉著這片土地曾經固守的規則，讓畫作的各個部分得到平衡，他尋求，或許比當時生活在雅典的所有歐洲藝術家還要強烈的尋求，復活的奇蹟。其次，人們欣賞他的作品裡呈現的美與自然，人們發現，從近距離觀看畫作，畫中的衣服看起來不像是畫出來的，而像眞的，經過仔細的安排，穿在被描繪的人身上。他們推想，得到這種技能的過程中，必定伴隨著深重的苦痛。

愛奧尼斯．波克瑞斯輕易的找到了名聲響亮的畫家賽柯利，爲了某個特定的理由，他不得不找他。此外，他曾在遠處看過他，在首都第一所石砌的劇院，這裡是幾乎所有路過的外國人與本地最顯赫的居民經常出現的地方。這所劇院，在國家的協助下由桑索尼建造，完工後立刻讓演出展現不同於過去的調性。也就是說，當不知名的歌劇團體在台上演唱，不斷受到台下觀眾的手槍開火與高喊的聲音所干擾；這群極度不習慣劇院環境的觀眾，擠在湊合著用的小木屋裡，如果這樣能稱爲表演的話。從粗糙的厚木板走向雕刻的石塊，從小木屋走向樓房，從巡迴的演藝人員走向義大利歌劇，這一切迅速改變了先前的習慣。如今，這棟靠近城鎮、位於鄉區中央的輝煌、優雅、精緻老練的建築從平地升起了，過去的種種習性顯得極爲不當。終於，它矗立在那裡，蓋好了，閃耀出光芒，如一隻鴿，在耕地的一片柔綠上，在廣闊田野的晦暗陰影裡。雕刻的牆頂把牆壁切出恰當的角度，拱型的玻璃窗互相連結，挑高的大門前設有台階和圓柱，一座巨大的山牆開了個口，讓吊架能夠把舞台佈景上下移動，這一切賦予這棟建築一種簡化的文藝復興樣貌。還要再過好些年，惡意的舌頭才會開始喋喋不休，報紙的文章才會開始撰寫，帶著每一個新世代懷有嚴厲與肆意的無知，這是它們爲前一個時代貯藏的，到那時，話語與文字會敍述位於小型首府的這座石砌劇院，這劇院宛如廢棄在原野中央的可悲的雞籠。

愛奧尼斯．波克瑞斯不知道如何寫字，因此從未把他最初對這棟建築產生的種種印象傳播出去。第一次從遠處看到它，是在一個飄雨多霧的日子，他看到，在它的位子上，一艘張滿帆的大船停泊在青碧的海洋上。他凝視了一會兒，爲重新揚帆啓航的渴念所攫動，雖然只是這麼一艘陸地上的船。那天晚上，他穿著深色的套裝，走進這艘石船的貨艙，他確認了，儘管是他的想像力虛構的一部分，或者，就是因爲這樣，它不是一艘普通的船。他看到包廂周圍有成排的座位，包廂與包廂之間，牆上的雄偉燭台點著白蠟燭，燭光浸透婦女的眼睛與珠寶，發出璀璨的微光。他看見從頂端到底部的巨大油畫，如同海蝕洞裡的一個深邃的蔚藍場景。最後，他聽到海潮一波波親吻這艘船赤裸的身側。他不自覺的舉起右手，放在心口上，好讓它平靜下來。突然間，這個天生的海員發現自己在未知的天候之下，沿著未知的航道前進。他立刻被一種深沉的憂傷攫住。這些賽倫⑯終於設下計謀，用她們散發珠玉光澤的歌聲包圍他，誘他進入大提琴和小提琴合奏的輓歌，因爲他覺得，如今再沒有眞實的海上航行，只有對航行的渴望。對於老海員來說，這是危險性僅次於喀戎的神祇。他不斷思考，事情的順序是否應該是這樣安排，因而無法入眠。他想到，這件事讓他如此擾動，它準確的帶領他走向某種無可避免的東西。他察覺到水手的不祥預感，他察覺到他們近乎占卜的藝術。他也察覺到，並接受了，這個

⑯賽倫：Sirens，希臘神話中有美妙歌喉與致命吸引力的海上女妖，她們住在一個海島上，以歌聲誘惑並殺死路過的水手。

輪子有它自己的轉向，有時所有人都覺得巨大而普遍，有時渺小而個人，它轉動過去，裝飾了日常生活的鎖鏈。我也要當這艘船的船長，第二天早晨他對妻子宣佈。它是否特異，這都沒有關係，事情的順序應當是這樣，他頓了頓說。

他很幸運，因爲他聽說，劇院的第一任業主正在賣這棟建築，而他賣了他的船，因此有足夠的資金。這項購買的行爲和大膽的投資，除了它的美與承接它所帶來的風險，將會促使他跟首都裡最有權勢、最有學問的人們密切接觸，包括國王們。這些人在那裡相遇並非巧合。甚至不需要看也知道，他能在那裡找到義大利藝術家賽柯利，要他爲自己的女兒艾蓮妮上藝術課。他告訴賽柯利，校長要求見他時所說的話。她告訴他，他女兒是怎麼偷取剩下的蠟燭，如何把夜晚化爲白日，以便在黑暗中畫畫，但是在正常情況下，她應該睡覺的。她之所以應該受到譴責，不只是因爲偷竊，還有藐視的態度。當她被禁止從事一切極端與紊亂的事，這態度使她活在虛像與幻影裡。其他的女孩怕她，把她看成女巫。同時，他自己將會看到，繪畫的敗壞和缺乏睡眠讓艾蓮妮日漸衰弱。每天早晨她進入課堂，看來彷彿剛經歷過一場嚴重的情緒浩劫。她很蒼白，脾氣急躁，總是在位子上睡著。而這個女孩，不久前各科的表現都很優秀。

愛奧尼斯・波克瑞斯繼續對賽柯利說，跟女兒談過以後，他決定採取他會爲自己作出的行動。他領悟到，艾蓮妮對繪畫的愛，就像他對海上航行懷有的熱情。他認爲這是一種無法懲罰的熱情，因爲這裡面沒有罪。就像他想用他自己的方式繼續出航，他思索著，儘管沒有告訴賽柯利，他的艾蓮妮也應該繼續畫下去。他對這位義大利畫家說，艾蓮妮應該在課堂以外繼續畫畫，反正不久她就要畢業了，倘若在「藝術學院」教過書的賽柯利能當她的老師的話。他在同意賽柯利來他們位於普拉卡區的住所教畫時，一個想法掠過他的心頭，他想到，這次的討論在這艘石砌的船上進行，這個幸運之輪，朝著他預期的方向滾動，也帶著艾蓮妮一起前行。他希望她所有頑強的選擇都有好運。因此愛奧尼斯・波克瑞斯，以前叫做雅尼斯・波克拉斯的這人，成爲希臘第一位劇院總監，艾蓮妮則開始向拉斐羅・賽柯利學習繪畫。

他們的課持續了許多年。這位在解剖學擁有淵博學識的老師，教導艾蓮妮了解塑像的人體層面。這位老師是古代藝術專家，他教導這個學生，讓她知道裸體的神聖。艾蓮妮開始把畫作看成一個有生命的有機體，一種捕捉人類靈魂的參照與情感的網絡。並不是爲了被誘捕進去，如同學校那些無知的女教師所害怕的，而是爲了它可能從那裡展翅飛翔，從物質與分配的時間的禁錮裡獲得解放。在整個人體當中，人的臉，作爲靈魂的鏡子，她的老師堅持說，應該主宰整張畫，即使它沒有被畫出來，就像追求這件事一直是人們提筆畫畫的理由之一。

他對她提到義大利的一所知名美術學院。他談到那裡的畫作，學院裡的藝術氛圍，但是他也談到，他迫切的想念小鎭雅典的藝術家同儕的陪伴，他曾經不得不尋求「藝術學院」的庇護，在那裡免費教學。爲了教導她學習構圖，他經常靠著記憶畫出故鄉重要作品的素描，用一枝小鉛筆畫在單張的紙上，帶著強烈的鄉愁。他希望艾蓮妮得到某種實際上不可能得到的東西，就是前往這個鄰國，去看他對她描述的東西，即使沒法爲他捎來消息，讓他知道活著的朋友與摯愛的死者的消息，也沒有關係。艾蓮妮還年輕，對於這件事如何能實現，她感到迷茫，但是賽柯利笑著說，有一天她會藉著把自己運用於繪畫的藝術，來找出方法。目前她應該學習構圖與色彩，因爲這是其他一切的基礎。至於他自己，他沒有什麼好抱怨的。就某些方面而言，他冒了命運的風險，但是他接受命運往往就是這樣。他對她說明了迫使他流亡異國的特殊政治理由，帶著他想辦法救出的十幾本希臘文與拉丁文書籍。他對她談到當代西方社會，並警告說，在他們的土地上，無論在生活還是藝術方面，都不要冀望能找到天堂。她不可輕忽無處不在的艱難與衝突。也不要忽略了即使在西方，一個人也難以輕易地從他的殼裡走出來。然而每一個人都是用這種方法處理重要的事。他的學生已經因爲熱愛繪畫而受到了懲罰。他的意見與她父親一致，也就是說，她的熱情，儘管女子不被允許擁有這份熱情，不應任其荒蕪，而應加以培養，好結出果子來。如果他的學生是男人，也是一樣的，他補充道，彷彿這項決定已經定案。

許多年後，艾蓮妮已經學會用逆轉的方式衡量時間，她翻閱那些已經離去，她已失去的人的日記，就像她的老師，藝術家賽柯利，她看到他在一棵棕櫚樹下擺設他的笨重畫架。艾蓮妮想到，這位描繪英雄與寓言的畫家，如今眞正的孤獨了，僅僅靠著畫一棵樹，來讓自己感到滿足。她不知道他是否回想起遙遠的雅典那些建築前面的棕櫚樹，對於他們兩人來說，現在它們彷彿根本不存在。但是她沒有開口問他，她知道，在這種會面中，交談時不許提出問題，在任何情況下，這些問題都會被時間的韻律席捲與撫平，甚至在時間之河裡遭到扭曲。

彷彿是感受到他身邊的疑問，即便不是這女人散發的激動，賽柯利轉過身來，看到了她。即使過了這麼些年，即使她的身體和靈魂有了這些改變，他仍立刻認出了她。他的臉因爲狂喜而發亮，他站起來，拿了張椅子讓她坐。這張椅子，用雕刻的胡桃木和深紅的天鵝絨作成，以前擺在艾蓮妮在雅典的家裡。那時她經常坐在這張椅子上畫畫。她很高興賽柯利把它保留下來。她笑著坐下，儘管她夾在永遠消失的東西，以及已經消失了、卻仍然活著的一切之間，它們讓她左右爲難。她不知道哪一個比較眞實，如果這個字仍然還有一點意義的話。

賽柯利對她說，從第一堂課開始，他就知道這個學生會成爲畫家，因爲這種會面增強了告白的必要。他告訴她，這個學生會得到藝術果實中聚集的知識。有一天，她會爲了脫離常規，付出沉重的痛苦代價，甚至比希臘女人還要沉重，因爲這片土地爲神話之血所主宰。事情已經證明他是對的，看到她發福的身軀，梳成髻的白髮，老嫗的平凡服裝以後，他大膽的作出這個結論。在這些東西後面，她的青春的枝椏已經消失。此外，賽柯利繼續說，他自己在這個世界也曾是一個畫家，一個介於推展過去與療癒痛苦之間的人，從一開始，他就猜到了她的歷程。她會成爲一個畫家，就像其他的少女進入修道院當修女，以便跟她們的新郎結合。而且，他垂下眼光，補充說，他們現在承認這件事正是時候；他們曾經愛過對方。一種謹愼而未經宣告的愛，適合發生於師生之間。不，他不會再談起關於這些未曾說出來的事情，除了告訴她，要是沒有這種愛，沒有人會尋求極致，而它也不會向他們顯現出來。當然，這兩人至少在某個時刻，把對方看成生命中最極致的東西，直到這個也消逝了，終於超越了種種比較，逐漸平息下來。如果他們在雅典上課的那些夜晚不曾存在，他的學生絕對不會承擔她必定在同時也承擔了的風險。那扇窗，它抬高了後院的一棵結滿黃檸檬的大樹，將枝椏推進這棟蒙著藍色薄紗的房屋。如果這種特殊的時刻所引發的談話不曾發生的話。但是他會在這個時刻停下來。要是艾蓮妮那時走近一點，看到他正在畫的作品，她將會明白，她那長久失聯的老師不再試著去虛構，而是去做一種非常類似的事，就是防止自己遺忘。

艾蓮妮從這張舊椅子站起身來。疼痛和腫脹的雙腿讓她的腳步變得遲緩，這讓她再也不相信，世上有任何事物，無論是偉大抑或渺小，是以適當的步調運作。有一件事，最可能是源於一個事實，就是她也在嘗試用自己的方法做到不要遺忘，也可能是因爲其他她無法在此刻提起的理由。她兩度停下來，讓急促的呼吸平靜下來，用一根鑲著銀把手的黑檀拐杖，支撐住自己的身軀，這是她右手的一個小小的榮耀，一隻年邁畫家的手。她走向她的老師，這時，她察覺到，賽柯利突然間變老了，由於打開一個深邃的傷口，就此失去了許多年月。他緊緊抓住這打開傷口的一刻，他害怕，如果他讓自己跟它保持遙遠的距離，就有可能失去一切。

艾蓮妮走到他面前。他們凝視彼此。她用左手遮住頭，隔擋下午炫目的陽光。艾蓮妮撫摸賽柯利的頭髮。經過多年的抑制，她的手微微顫抖。她爲此感到羞窘。她停下來，戴上眼鏡，把注意力轉移到畫架的那幅畫上。

這棵棕櫚並非孤獨的佇立在某個沙漠裡，而是立在一座大花園中，四周圍著高聳的石牆。牆外閃爍著武器和警察制服的光芒，在馬背上，或是走在地上，不久之前，這些警察包圍了他們。暮色落下，在黝暗花園的中央，將軍的長方形兩層樓住宅仍然保留了某個燦爛九月午后留下的些許微光。這棟房子裡站著十一個男人，個個都勇敢的握著自己的來福槍。大家都聽說了「叛國」這個字眼。在外頭，奧圖的警察數量日增，但是在這棟房子裡，這些男人下定決心，爲了愛自己的國家而死。沒有人會用逃跑來保住性命。

他們說出誓言。然後，將軍獨自走開，寫下遺囑，說明犧牲生命的理由。在這個事件當中，他的子女活了下來。他指定幾個信靠的遺囑執行人，還有他的妻子，他把封緘的遺囑交給他們，命令她藏在某一塊石頭下面，如此封鎖他們的這群人萬一放火燒屋，遺囑就不會遭到焚毀。在這幅畫裡，天色暗下來了。然後，忠於這個理想的一小群人突破了界線，進來了，後面跟著第二群人，然而第三群人遭到警方開火射擊。一名警官喪生，一名騎兵隊的軍官和一名參與陰謀的人受傷。他的同志把他拖到花園裡，那裡聚集了四十個男人。他們各自站定位置，與外面的人互相嘶吼叫罵。兩邊都聽得到希臘語和亞凡尼提卡語，還有賽柯利的義大利語，因爲這位畫家就是第一批作出這項決定的十一人當中的一個。

艾蓮妮笑著，用手遮住耳朵。儘管到了這個年紀，她還是不習慣戰爭，她畏懼雙方的吼叫與咒罵猶勝於子彈。身爲畫家，她明瞭子彈就等於畫中的空白之處。她對她的老師抱怨說，那時他對她隱瞞了他在這些事件中扮演的角色，當然，儘管這麼作是對的。發生這些事的那個夜晚，當時只是少女的艾蓮妮，聽到屋裡傳來急促的腳步聲與開門關門的聲音。她醒來，悄悄的觀看，她看到父親和他們家族的其他男人一起倉卒離去，每個人都帶著武器，她聽到母親懇求他們千萬要小心。她問母親瑪麗亞，母親把知道的都告訴了她，那就是這個城市陷入騷亂，有人揭竿起義，人們聚集在王宮外，高喊要制定憲法。每個人都往那裡去，以便知道發生了什麼事，以便弄清楚自己要選哪一邊。她父親就是往那裡去了，他的意向不明。他在破曉時分歸來，留下了槍，換了衣服，站著喝了杯咖啡，就離開了，因爲在這種時候，每一個男人都必須處在事情的中央。幾天之內，透過永無休止的討論，以及，最重要的是，透過報紙的報導，所有的事情都清楚了。艾蓮妮在報紙上讀到，這位將軍說明受到包圍的經過，還有這棟房子爆發的戰鬥，之後，他們出現了，並且加入王宮外的群眾。在此處，她兩次讀到她老師的名字，一次是「畫家拉斐爾・賽柯利斯」，另一次是「畫家賽柯拉斯」，這是將軍在兩個不同場合下提供給報社的訊息。

在受到包圍的這群人中，這唯一的外國人的希臘化，還有賽柯利不爲人知、令人欽佩的這一面披露於世，都讓艾蓮妮深感震驚。她把她的老師看成希臘人。他贏得了這片土地，因爲故鄉往往是靠著付出而贏得或失去，如此它的名字才會具有某種意義。那時她想到「畫家」這個詞語，這是賽柯利的職業，它兩度伴隨他的名字上報，成爲他光滑頭髮上的花環。

他們再次上課的時候，他的頭髮還沒有白，既不是這個深邃的傷口所造成的，也不是冷酷無情帶來的後果。現在他無所畏懼了，他對她說，他在將軍的房子裡停留了很長一段時間，有一度他確實在那裡展示他的作品。他說，有一天他會畫出這棟房屋和它的歷史。儘管目前，他關心的是第一個藝術協會的徽章，這個協會最初由他推動成立，成員包括許多人，索洛莫斯⑰也在內。同時，他不久就要在「藝術學院」教畫，更要緊的是，這次有薪水。不，即使是現在，他的這個學生也不能一起上課，因爲女人是不准來的。然而他答應把教給其他學生的所有東西全都教她。此外，他的這個學生所知道的，遠超過那邊的許多人，她完成了基礎教育，通曉三國語言、歌唱與音樂。結果是，她與其他學生的不同，對於她被禁止得到知識，以及被排除在一切社會都認爲不適合女性的生活方式之外，並無太大的影響力，即使她和她父親對此保持不同的意見。他唯一能爲

⑰索洛莫斯：Dionysios Solomos，希臘詩人（一七九八～一八五七），出身於商業貴族家庭，童年在義大利受教育，用義大利文寫作，二十歲回到希臘。

她做的，就是把她當個男人來教導。一種被禁絕的知識，幾乎是哀愁的，因爲缺乏需要的證件，它很可能永遠保持在沒有競爭性的狀態，一切都被桎梏於一棟房子的四面牆壁裡。

4

第二年，愛奧尼斯·波克瑞斯把賣掉「海馬號」換得的資金，大部分給了桑索尼，以便買下這艘原野上的大船。往後的五十四年中，在這座位於雅典的石砌劇院遭到廢棄與拆除之前，在它沉入眾多希臘紀念碑的不可避免的湮沒遺忘之前，這些報紙仍然稱它爲「雅典劇院」。然而，在這場遊戲中，用他們自己的方式體驗的這群人，稱它爲「波克拉斯劇院」，爲了它的擁有者的名字作出保證，並且主張，一個從煙霧與鬼魂中誕生的城市，要是沒有它現存的、活躍的市民來支持，就無法站立。在任何情況下，這個新古典的背景不停的升起，環抱每天的生活，這個背景若非全然謬誤與多餘，它就必須讓當時的人們認爲具有特定的喜劇和悲劇意義。古老的與嶄新的東西，死去與活著的一切，尋求一種理解的對話，此方與彼方，好讓野心與前景得以存在。這些公民聚在一起，重新創造這個城市。藉著它，整個國家，宛如許多雕像，彼此之間說著所有的方言，以及所有散居流放的民族的語言。

除了對妻子宣佈他將要買下這座劇院，愛奧尼斯．波克瑞斯也讓全家人一起討論這件事。並不是因爲這位一家之主的決定有可能改變，而是因爲他剛過了五十，想要尋找一項能夠獲利的土地投資、家人對他的領導的贊同，以及藉著正式程序的方法來強化他的地位，讓他跟一個如今開始守法的城市步調一致。他預先就知道，他的家庭中的每一個成員會有什麼反應；要是沒有十足的把握，他不會冒險進行全家的討論。艾蓮妮熱烈支持這個構想。他父親曉得，她對這種激動人心的繪畫形式具有強烈的奉獻精神。他首次造訪劇院後，經常帶著長女去到那裡。之後，他要她說明各種事情，教導他，他感到妒忌，因爲她的教育，從他們一起出航的時候開始的，在這麼短的時間內就讓她得到豐收；這份財富永遠是她的，誰也偷不走，無論他那才華洋溢的女兒遭遇什麼困難，它都會成爲她的安慰。他的妻子瑪麗亞把內心的保留一項項提出來。這位年邁的海員有能力處理來自劇院的未知波濤嗎？還有，他沒法讀寫希臘文，也不會說義大利文，難道不怕歌劇團和話劇團的經理欺騙他？就她的意見而言，自然是一個女人的不重要的意見，不動產是他們最安全的投資領域。然而，她不讓自己再說下去，因爲她察覺到，她的丈夫已在心中登上那艘陸地上的船。因此她不應該阻撓丈夫已經訂好的計畫。同時，她尊重一個事實，就是這位船長正在跟他的妻兒討論新的出航事宜，儘管他心意已決。兩個比較小的女兒艾西米娜與康迪蘿，對這個構想表示歡迎，儘管她們沒有像艾蓮妮用那樣的方式表現出同等興奮。這兩人正走向婚姻，而她們這樣作是正確的。對艾西米娜來說，她喜歡華服與炫耀，這所劇院可以爲她提供一個良好的機會。

亞納塔西斯雖年輕，身爲這個古老望族的唯一男性子嗣，他的年齡產生了相反的作用。他像任何一個叛逆少年一樣，對父親的決定表示支持，儘管這是合法的，就是繼承人會支持，也是爲了表現公正的態度，他父親投入的任何戰爭。他沒有離開自己舒適的家，沒有離開婦女們的嬌養縱容，以便去了解戰爭的意義。他也沒有充分領悟身邊的人討論的一切內容，就是僅僅數年之內，劇院就已經換過兩個老闆。第一個是包商卡密利艾瑞，然後是商人桑索尼，他經營了五年，最後被迫用拍賣的方式脫手。縱然在幾十年後，劇院的繼承人，如今已長大，成爲成熟、可敬的商人的亞納塔西斯・波克瑞斯也不明白，究竟是什麼力量，驅動他父親投入，用溫和的方式來說，這項感情用事的投資。然後，這棟建築日益老邁，就像一個人，無法返回青春年代，而它的子孫們，雅典其他更新的劇院，會變得充滿敵意，走上彼此競爭的道路。亞納塔西斯總結說，事情的狀況就是這樣，部分為謬誤，部分缺乏彈性，從他父親的時代開始，即使不是從更古老的時代開始，然而這個世界傲慢的宣告了，它將永遠朝著正確的道路發展。

艾蓮妮聽說它被拆毀的時候，她自己也像這間劇院一般的衰老了，而且無法讓自己回復青春，連她有幸產下的三個孩子也不能讓她年輕起來。她返回出生的島嶼，在這裡，她聽到這座石砌劇院傳來遙遠低沉的吵雜聲。她甚至覺得，她又看到它了，用她記憶中愛著它的方式，儘管現在它變成了某種極為微小的東西，某種在她老邁的掌心裡顫抖的東西。一聲啜泣，一隻麻雀，它的靈魂拍動翅膀，飛走了——她不確定是不是這樣，而她也沒有徒勞的嘗試去了解。她用另一隻手展開蓋在這隻手上的針織黑披肩的邊緣，彷彿想在最後的時刻保護它，不讓它遭到「邪眼」⑱的咒詛。如果任何一個當地人，或是她的僕人拉絲卡瑞娜看到了她，他們可能會再一次在背後說她是女巫。就某些方面來說，她可以理解島上的這些人對她的裝扮產生的困惑，一個人總是有許多方式可被看見或透徹了解，從繪畫中，她太了解這一點了。但是一艘陸地上的船完全超出了那些漁夫的理解能力，他們從沒有一刻離開過自己的各種網羅。每次她父親到島上去，他們總是稱他為雅尼斯・波克拉斯船長，並未察覺到這位雅典紳士和劇院經理，以及從他的姓氏「波克拉斯」轉變到「波克瑞斯」的希臘化過程。而且，彷彿出於某種未曾寫下的協定，這位前任船長也會脫下羊毛與亞麻製的套裝，重新穿上他在島上的衣服。如今他已陷入永久的哀傷，這確是事實，但是在年紀的因素之外，這哀傷還因為許多原因而顯得合理。因此，他穿著色彩鮮豔的傳統服裝，他的出生地仍是他的庇蔭，因為地點渴望對圍繞一個人靈魂的轉瞬即逝、明明可見的每一樣東西擁有發言權。或許為了這個原因，當雅典的一家報社要求年邁的艾蓮妮寫一篇關於她父親的文章時，她對這位雅典紳士和劇院經理隻字不提，僅僅藉著他死後發表的航海紀事，談到她父親出海的那一面。她壓抑的當

⑱「邪眼」：evil eye，在地中海地區的傳說，遭到敵人給予「邪眼」詛咒的人，斜眼會如影隨形的跟在身後盯著自己，令其諸事不順。

然不是某種不重要或遭到遺忘的東西，而是他們共同的、祕密的熱情。因爲艾蓮妮已爲此付出慘痛的代價，這並未讓過去有別於現在，也沒有讓男人有別於女人。除了緘默，她沒有別的路走。

她重新看著這棟建築，它佇立在她手心的虛空裡。許多年前，它教她學會許多東西。例如人們認爲，藝術作爲一種職業，是正當的看法，但是由於這種榮寵，它所得到的收益也可以毀掉自身。每一天的菁華以各種方式遭到既定角色的踐踏，有時讓這些菁華更加豐富，有時令其枯竭。她看到士兵們在舞台排隊，作爲勝利的後盾，或是在短暫出現的領袖落敗後瓦解四散，同時，巨大的舞台場景支撐著生與死的暫時蛻變，讓它們化爲藝術。她也領會了模仿的意義：拋開劇院的慣例，對艾蓮妮來說，這種知識扮演著決定性的角色。

啓發她進入模仿智慧的第一批女演員，在逐漸跟她的眞實生活緊密結合之後，如同以往，也逐漸跟她的夢境緊密結合。艾蓮妮夢到另一個艾蓮妮穿著男演員的戲服。那時天剛破曉，但是艾蓮妮延遲了歸返的時間。當她終於回到清醒的世界，它只能臣服於繪畫的藝術，一種與另一個生活的溫慰夢境差別不大的行動。對她來說，繪畫比戲劇更有吸引力，因此她毫不懷疑，即使她受制於一個事實，就是她是個女人。除非劇院能改變我，有一天在畫畫的時候，她這麼想。

從那天起，她的生命進入臆想、破碎與詮釋的世界，就像持續觸動我們的眾多女性的生命，在她們綴滿珠玉和鮮血的神話裡，發出璀璨的光芒。

第 2 部

5

我母親和弟弟站在比雷埃夫斯港的碼頭上，直到看不見我父親和我的身影，我們站在一艘大帆船的甲板上，即將從比雷埃夫斯前往義大利的那不勒斯。我看著她，她挺直身軀，按照習俗的姿態跟我們道別，她靠著兒子的臂膀撐住身軀，直到我看不清那有著百年歷史、樣式持久不變的鮮豔衣裙與刺繡頭巾，還有那種思考方式。有一天，我要畫出她在這憂傷時刻的肖像，我知道，此後只要她想到我，這憂傷就會跟隨她。因此我至少要還給她一小部份的船票費，或者給她一些補償。我看著她，想到多年前我的另一次決定命運的航行，當我想到，我正在凝視自己的形象，我用這種方式開始思考，無論是誰，畫畫的人都不該畏懼自己所看到的。我不怕我母親的樣貌，也不怕我答應有一天要畫的她的形像。我只怕我給她帶來的憂傷。無數個小時的祈禱和洪水般傾瀉的眼淚，無法治癒她那古怪的女兒為她帶來的痛苦。我了解她，也同情她，但是我不能為此改變自己，或是放棄。我必須在四月離開她，在這個藍綠色月份的清晨一反常態的穩靜裡離開，永遠不再回來，除非某種奇蹟干預了這件事。到了我二十七歲的時候，母親已倦於為我尋找一個相配的對象。原本我至少能做到同意留下來，在我已婚的妹妹們身邊當個老小姐，讓繪畫的惡魔扭曲我的心志，直到生命盡頭，那年整個冬天，她每天都對我這麼說。

但是我渴望得到學院和桂冠。男人的象徵。跟他們在一起做什麼，她問。有了嫁妝，我任何時間都能找到一個自己想要的好對象，她繼續說，根本不理會我已同意讓父親用這筆嫁妝支付我的生活費，只要我留在義大利學畫。她一直是對的，她說，從她不接受這些劇院和它們帶來的一切好處，就能看出來。看看她丈夫，他為了它們下的咒，還有賽柯利的讚美，他受到多深的擾動，竟同意讓我出國，親眼看到最重要的畫作，更重要的是，在那裡學習女人在畫室裡不許學習的東西。縱然我母親同意這個構想，她仍懷疑，一個年輕女子如何能在沒有人護送的孤單狀態下，在陌生土地的街頭隨意漫遊。就他的部份來說，船長當然絕對沒有把這個世界看成異國的、無法接觸到的東西。經過一段美好漫長的航行，你就在那裡了，他說。然後你就能學習另一個世界，如果你已經熟悉自己的世界。此外，他對長女有信心，她在所有的事情上都像他，他對我說，永遠不要忘記，在那邊，在那些異國的部分裡，我是個希臘人。他相信亞凡尼提斯血液和希臘思想的結合，在心中塑造它的雕像，儘管它受到駁斥、未經證明，它仍然構成了最穩當可靠、具有保護性的符咒。一定要把這只保護性的符咒深深釘在女兒心裡，再讓離經叛道的女兒離去，才是明智的作法。

我母親明瞭，父親有多麼快樂，現在他又能出海了，就她看來這是一趟漫長的航行。一個無知女人的意見，由於船長不斷強調，這是一趟短暫的行程，投入追求自由的奮鬥之前，他曾兩度踏上美洲的豐饒土壤。身爲一家之主，他要她別再抱怨，把他在島上穿的那套衣服拿過來，他在當新郎的時候穿過這套衣服，從那時起，這套衣服就折好了，放了許多樟腦丸，僅僅在特殊場合才穿。在雅典的這許多年，她一次也沒有把它們從行李箱裡拿出來。現在他要穿了，他向艾蓮妮說明出海的事。他們兩個都很頑固，他太太瑪麗亞這麼想，卻不敢說出來，在他們站在這個極度狂野的夢想的十字路口前面的時刻，她被拋下了。爲了保護我，不讓我走進這個令人著魔的十字路口，她也給了我一個三角形的藍色符咒，裡面裝著一件聖徒的遺物，還加了香料，這是在教堂受過祝福的。

我父親穿著他在島上穿的衣服，陪我從那不勒斯去到羅馬，其中大部分的路程我們是走路去的，用他會陪我走進教堂的同樣的方式，如果他獲准這麼做的話。對於引導我走入未知的作法是否正確，他把所有的疑慮隱藏在這些美好時光的後面，隱藏在他渴望鼓勵我的需求後面。然而我很確定，混合著清晨的露珠，他每天早上都看到被遺忘的那一小滴恐懼，潛藏在危險的旅程裡，它提醒人們，讓他們想到生命的循環。因此他急著帶我來到這座「永恆之城」❶，在那裡，他把我交託給藝術的啓蒙，就像把我交託給另一個男人的堅執。我想，他之所以穿上他最好的衣服，最重要的理由就是，他原本想穿著這套衣服，在樂器、歌聲、祝福與四月的花朵的圍繞下，領我走過島上那座教堂的走道。這套衣服帶著他回到自己的婚禮，也將帶著他進入死亡，我們開始走的第一天中午，在那不勒斯郊區的一間客棧休息時，他這麼對我說。他折下一小枝丁香，把它別在耳際。

❶永恆之城：the Eternal City，羅馬被譽為「永恆之城」。

他也給了我一枝。我把他的丁香花插進我衣服的鈕釦孔裡，撫摸著我的天鵝絨男裝外套底下的符咒。因爲我父親引導的人，從一個世界牽向另一個世界——也就是我，艾蓮妮——扮成了男人。

我沒有花太多時間就說服了他，讓他相信我應該這麼打扮。這樣對我也有好處，因爲，等到我們的船從比雷埃夫斯來到那不勒斯時，義大利的情勢已經變了。許多充分的理由讓父親懷疑，我們這樣做是否明智，一個年老的男人和一個還很年輕的女人，徒步橫越一片動蕩不安的偏僻土地上的未知道路。徒步行走，因爲四輪馬車已停止了它們定期的行程。他說，如果我們從比雷埃夫斯出發的時間，延遲了幾天，或是更長的時間，他會重新考慮，我們是否應該登船遠行。一旦我們抵達那不勒斯，他覺得我們就不應該重新登上另一條船，像懦夫一樣回到家鄉。爲了種種理由，我也不認爲這樣做是對的。

在客棧裡，我們徹底了解這些在我們沿著海岸航行，逐漸駛向目的地的時候聽聞的事件，關於那些不完整的、扭曲的、或是誇大的流傳著的謠言，傳入我們耳中，有些是關於革命的熱情，另一些是關於人民的絕望，還有一些是關於兩西西里王國國王費迪南二世的殘酷，他住在那不勒斯，也就是他的王國的首都。我們從這一切散亂的傳言裡演繹出整件事的骨幹。在我們抵達之前得到的訊息是，那不勒斯的民眾起來反抗兩西西里王國的西班牙國王。然而，他似乎想辦法保住了自己的權位，因為除了那些傳遞消息的人，我們也清楚的聽到皇家衛隊的馬蹄聲，群眾在喧嚷，來福槍在開火，受傷者在哭喊，監獄的門閂猛然插上，甚至還有一個意料之內的聲音，恐怖的處決犯人的一聲「開槍！」。我們抵達後，證實了先前聽到的一切，那不勒斯的形象在我們面前，一個以歌劇和美麗知名的城鎮，很可能已經見證了發生於街頭的前述事件。這座壯麗的宮殿矗立山頭，緊緊控制每一種海洋和商業活動，城鎮邊緣的寬闊廣場保護著它，大馬路讓騎兵隊得以來到港邊，一個更古老的堅固要塞就座落在此。在費迪南的王宮後面，這座城市侷狹吵雜的迷宮，在它的上方，包藏著許多東西，它那祕密的熱情、帶來痛苦傷害的東西，以及貧窮，在翠綠的山丘上，用散佈四處的城堡、修道院和富人豪宅的輕飄薄紗，欺瞞新來的訪客。客棧老闆對我們發誓，在這個城市裡，日常事務的運作慢慢恢復正常，不再有任何重大問題，儘管穿越鄉野的旅程仍然有風險。我們若想到羅馬去，就得有一大段路要靠步行。他建議我們在城裡多待幾天，因為暴動摧毀不了這城市的美。當我們決定離開，前往我們的目的地，即使交通沒有完全恢復，他便告訴我們，可以走哪條路，在哪家客棧落腳。

我們停留了幾天，對我來說，這麼做證明是極爲重要的。然後，我們運用必要的訊息，就此上路。

在那不勒斯的市郊，我藏身於一叢茂盛的夾竹桃和無花果樹之中，這些樹木生長在一棟農舍的廢墟裡。在這裡，我變成另一個人。我買了一件深色的男裝外套，就像城裡那些瀟灑的年輕男子所穿的。我用一件質地精緻的細亞麻白襯衫來搭配它的暗色調，以強化這個色彩與我的目標的莊嚴性。天氣很熱，但是我一面穿，身體一面顫抖，我轉過身，看著這個在此見證我的蛻變的人。我察覺到大海的湛藍，遠方城鎭的黃褐與陶土的黯紅，我身邊的碧綠和墨灰，燦藍與無盡的白色和黃色的洋甘菊。當太陽逐漸西沉，我在頸子上圍了一條絲巾；一朶泛著微藍的玫瑰，一點水面的倒影。我穿上皮靴，調整好銀錶鏈垂下的位置。它的一端連接著一只錶。我注視它。它向我展示暫停的、脆弱的、作了標記的時間。我把一只小鏡子擺在枝椏間，好看到自己，我在剪短的頭髮上，戴上一頂男帽。我看著鏡中自己的臉。這個處子之身的畫家已經走了，她彷彿出發了，將要返回她所屬的「古希臘的東方」。我答應不忘掉她的容貌，不用女人忘掉最微小事物的方式。但是現在她必須奔跑，送消息給賽柯利，告訴他，他摯愛的故鄉發生了什麼事。還要告訴他，他的這個學生並不害怕，當她穿戴整齊，把自己從女人轉變成男人，他的話語和教導在耳邊響起，如同一陣低沉的嗡嗡聲，圍繞著她。還要告訴他，我想，就像這個時代的任何一個人所能想的，除了藝術的問題，這片應許之地將在我身上留下無法磨滅的痕跡。我已經在努力，像男人一樣的思考。我已經開始用「我」作爲主詞來表達想法。

在這間客棧的花園裡，我們吃完了午餐，正在等著上咖啡。對我們來說，花園的這個角落像天堂一樣。我希望，侍者能慢慢來，儘管他向我們保證會很迅速，因爲那些時日裡，人們不會到鄉下來，他沒有其他的客人。我開始唱歌的時候，看到他從遠方走過來。我假裝沒有看見他，他拿著托盤靠在門框上傾聽我唱道：「如同藏沒於灰燼的火花，我們的自由隱潛在暗處。這一天來臨了，它跳躍，它發光，在每個地方顯露出來。」我停止了歌唱，觀察站在那裡的他。然後，他彷彿突然間甦醒了，端著咖啡過來，彎下腰，文雅的詢問這年輕人是不是一位男高音。他遲疑了一下，又問，這首用他所不知道的語言唱出的歌曲，是不是在講人人皆知的愛的激情，因爲他覺得這首歌似乎是在講這個。我親切地對他說明，這首歌來自愛奧尼亞群島，同時思索著，我向他提出的種種已知和未知的事情。我想謝謝他，因爲他是我在這個艱難的角色裡，第一個爲我鼓掌的人，於是我爲他唱了一首富有愛國意味的義大利詠嘆調。他聽著，幾乎潸然淚下，因爲這些歌最近被禁唱了。我們兩個都知道。

雅尼斯船長確定我在羅馬已經安頓好了以後，就趕回去處理這位雅典劇院經理——愛奧尼斯．波克瑞斯——的事務，這些事務讓他不能再用海員的閒散眼光凝視世事。他不喜歡這樣，但是他沒有別的選擇。由於這場革命，我們被迫走的路，找到馬車之前的那段旅程，大大的延遲了我們。然而，他離開的時候，心情是自在的，因爲我帶去的推薦函，已經給那不勒斯的幾位藝術家看過。就我的部份來說，我正在作準備，好在這群知名的拿撒勒派畫家面前接受考試。如果通過了，我就能花上幾年時間，在羅馬市郊的一所修道院學習繪畫，那裡就是他們的住所；只要能證明學到了知識。我父親估量，只需要比出海一趟還少的時間，我就會回返家鄉，因爲不管是誰，只要展開漫長的航行，心中必定念著那個等待著自己的老家。他只堅持一件事，就是我絕對不能忘記自己是希臘人。在他離開之前，這是他唯一的主張。

我沒有忘記，因爲對我來說，它的意義超過了我父親的一切。獨自一人，我大膽的用自己的方式，去思索與解釋他的要求。我甚至大膽的試著把我的論點奠基於另一個地方，就是設想我們的「偉大女士」在她的奮鬥中，做的是同樣的事。因爲，儘管我有許多年沒見過她了，我初到羅馬的某天夜裡，她來看過我一次。如果我沒有弄錯，就是我父親離開的那天晚上。她筆直的站在船頭，帶領她的船隊，橫掃固若金湯的那普良，她用高舉的右臂指引砲手，讓他們知道朝哪個方向開火。然而她沒有穿著她那幅知名畫裡的衣服，而是穿著低語和緘默的衣裳。就像門口的那些婦女所暗指的，在我年幼的時候，整個晚上都在傾聽她們的話語，直到現在我才明白這些話語的意義；沒有人穿著女人的衣服進入戰爭的場域。她無法適當地處理她的武器，也無法適當地思考。更糟的是，穿著那些不適當的女人衣服的時候，她成爲敵人的目標，爲她的人們帶來厄運。因此他們總結說，他們當然沒有看到她在戰場上的模樣，拉絲卡瑞娜上船與下船時，穿著她的裙子，繫著金色的方巾，但是她在指揮這艘船的時候，必是穿著男人的服裝，有時穿她第一任丈夫的，有時穿第二任的，他們兩個都喪了命。

我夢到她帶領這群砲手，穿著丈夫的染血衣衫，她所摯愛的丈夫，不公不義的被人殺害。然而我還發現，有一隻海鷗緊張的繞著她飛翔，似乎象徵她迫近的終點。正如畫家在他們鮮明的畫作中呈現的，經常嵌入幾乎無法感知的暗示，預告畫中人的命運，彷彿他們知曉了，或是猜到了。這位女士的眼光停在目標上，過了一會兒，她移開眼光，告訴我說，我應該繼續打扮成男人，因爲藉著這種方式，我會學到男人和女人所能學到的雙倍。爲了接受野心和民族氣質，我對藝術的熱情在心中激勵著自己，這跟她對自由的熱情完全一致。在它們的領域裡，她說，沒有任何東西是清楚的、無可避免的一分爲二，到那時仍是這樣。這是最細微的逆轉，它們帶來的最偉大的挑戰，重塑了這個世界。儘管我在展開這趟艱難的航行之前，必須想清楚，因爲我剩下的時日必須在沒有歸返，沒有懊悔，沒有遺憾的情況下度過。她對我說，這也是一種成爲希臘人的方式。於是她回復在畫中的智慧與沉默，返回戰爭的緊急狀況，她迅速地航向那普良，所以我不確定她最後說的是認眞的，還是嘲諷的話。

早晨的時候，我回想起這些年來，多次遇見她，在童話故事裡，在夢中，在醒來的時候，她從未對我說過一句話。這個夢讓我警醒，或許它是昭示我的命運的先知的預兆，因爲我不久就要接受「拿撒勒畫家學院」的考試。在那裡，我當然沒有選擇，只能以男裝出現。在他們的修道院裡，他們從未收過女性來學習繪畫，所以我對父親隱瞞了這一點，並鼓動他儘快返回雅典。

那天早晨，在這個異國的城市裡，我決心以男人的身分接受考試，甚至將用這樣的方式度過數年生活，我蛻變新生爲「無名氏」。我在考卷、我的研究和我的作品上簽下這個沒有任何重要性的名字，因爲這個名字「克里西尼斯」，甚至「波克拉斯」或「波克瑞斯」，音譯成義大利文的時候，聽不出是男人還是女人的名字。從此我將以「無名氏」的身分活下去。此外，如果我決心在這個轉化的時刻找到支持，那就是「艾蓮妮」和「無名氏」這兩個名字曾在這個史詩般的循環裡合而爲一。

我坐在聖依西多羅修道院裡接受考試，這間修道院位於羅馬市郊，「拿撒勒畫家學院」就在這裡。賽柯利在我心中出現，他對我捎去的消息感到開心。他緊張的看著如今突然變得陌生的這個男學生，但是，他更緊張的看著我的畫是否遵從他的教導。他在我的作品中找不到要改正的地方；除了有一瞬，幾乎是無法察覺的眨了眨眼，他把我的領結拉正了。我離開雅典之前，他就很有把握，拿撒勒這邊會接受我。他很了解那些德國天主教畫家的作品，他們獲准使用這座位於羅馬市郊的無人修道院，以便在那裡安頓下來，教導繪畫。他們過著多少類似於修道院僧侶的生活，借用前拉斐爾派畫家的風格，回歸中世紀畫家以宗教、歷史與神話主題展現的內省與神祕主義。費德列克・奧佛貝克與我父親年紀差不多，他是這個嚴格的藝術群體與知識份子觀點的大家長。他從北方的家鄉來到南方的地中海地區，來到羅馬，在這個富於象徵的古老城市裡，爲了當代最先進的許多觀念尋找基石。此外，希臘奧圖國王的巴伐利亞父親路德威格，熱情地支持這群浪漫的天主教畫家，也就是拿撒勒畫派。

事實證明賽柯利是對的。我獲准進入高級班中的一班就讀。當他的學生讓我滿足，但是當「無名氏」同樣讓我快樂，因爲修道院的生活非常有助於隱藏我的性別，讓我專心研究，不致分心。這就是我所做的，用可能採取的最好的方式。不久我就習慣了這種學習、系統化的創作，以及我自己的種種殊異形象的要求。當我離開修道院，在羅馬市散步，造訪博物館、遺址、教堂、建築物和有著噴泉的廣場，我更難冒充「無名氏」。當我走到知名的「葛雷柯咖啡館」前面，這家咖啡館位於許多商店和這個城區的熙熙攘攘之中，靠近希臘區，安瑟納西歐東正教教堂❷和「美術學院」。在這家店的許多小房間之一，在一張小小的大理石餐桌前，我坐下來休息，尋找古老吊燈的水晶，裝著繁複雕刻木框的起伏鏡面，以及牆上蓋著絲緞的油畫，讓我的眼光放鬆下來。我讓它落在人們的臉孔、低沉嗓音和細微動作上，他們在喝黑咖啡或來自「東方」的茶，用銀湯匙切開店裡出名的甜點。在修道院與城區裡，我避免跟人接觸，以免在無意中背叛自己，讓一切努力付諸流水。如今我逐漸習慣「葛雷柯咖啡館」的扭曲鏡面反射出來的形象：一個孤獨、有所保留、相當醜陋、緊張不安的男人，全部心思都放在這趟無盡航程的前景，以來。

❷安瑟納西歐東正教教堂：Orthodox church of Aghios Athanassios，東正教於一〇五四年君士坦丁堡的宗主教脫離羅馬教宗而成立的，教義、禮儀內容、聖事類似天主教。東正教與天主教、新教（亦稱基督教）並立的基督教三大派別之一，由流行於羅馬帝國東部希臘語地區的教會發展而來。

及藉著僞裝和進修而得到的漂泊漫遊。因爲，當我注視我的形象，我逐漸下定決心，永遠不回希臘去，不回我這個性別的長裙裡去。我要享受男人的自由，不去想即便是男人，那天晚上我也必須早早回到拿撒勒修道院，以免違反規定。我已經用「無名氏」的身分打破了這些規則。我回想過往時光裡的艾蓮妮，在學校竊取蠟燭的殘根，以便在另一所修道院和另一座天堂的黑暗裡畫畫。現在我犯的罪更嚴重了。我會遭到什麼樣的懲罰？我想不出來。我靜靜地等待。

我的一件作品，名爲「絕望」的畫，在「拿撒勒畫家學院」舉行的一項比賽中得獎。這種感覺跟平日經常淹沒我的感覺相去不遠，即我是靠著狡詐和謊言，贏得了這種禁絕於我的知識。我第一張雅典派的油畫，在畫裡瀰漫著義大利的矯飾風格。一個身體蜷曲的女人，身上覆蓋著寬敞的淺色長袍，這種樸素的衣服，跟拿撒勒派畫家通常要求模特兒所穿的衣裳差不多。這個女人的身體遮蓋得很好，只露出手指和臉孔，她有可能輕易的成爲我，如果經過周密的推理，但也要有藝術的理由，不去判定人類的形貌必須不斷改變，從生命走向藝術。爲了這個理由，我把自己隱藏在長而直的頭髮後面，用黑色的筆觸，一陣至今仍不知名的風襲來，頭髮吹得水平飛起，因而創造出一種矛盾的元素，驚異的元素，用我質樸的方法描繪。我藉由顯露來隱藏自己，因爲這是透過藝術拯救自己的唯一方法。

6

一扇百葉窗砰的一聲，撞到牆上。一道波浪拍打這棟房屋下方的海岸。我要拉絲卡瑞娜離開，並關上百葉窗。一定是樓上。然後要多拿些木柴。一陣強風。波浪一道接著一道。

是這陣風，在四十九年前吹倒了這片小小的鏡子，讓它摔得粉碎。但是那個把它放在樹上的女孩，原本應該擺得更好一些。是無花果樹嗎？無疑地，是那不勒斯市郊的一棵樹。那個愚蠢的女孩扮成男人的模樣去義大利，然後結婚。由於年邁，她原本就無法走得更遠。從它永無休止的現狀來看，這僅僅確認了男人和女人的全部人生，無論有哪些東西存在過，無論除了它，還有哪些東西看起來存在過，以便走向它那當時未曾披露的未來。一個假裝自己是男人的女孩，穿著歐洲人的服裝，從地上撿起碎玻璃時，割傷了手。鮮血與厄運。我爲什麼沒有毫不猶豫地停止？我爲什麼沒有重新穿上長裙，回到我的亞凡尼提卡語和希臘語的世界？陪我同行的這個男人雖然用乾淨手帕幫我包紮，雖然他安慰我——謝謝你，父親。今晚再次歡迎你，穿著你在島上的服裝，就像那時一樣，當你陪伴我，把我像新娘一樣交給另一個男人。這麼一個男孩子氣的女孩，可能來自童話故事，這就是爲什麼在那個時候我總是說，我行走著，缺乏任何的身體。確實的說，我是個「無名氏」。

就是在這個時候，他的風第一次吹過來。一陣微風呑噬了這女孩，把她覆被在他的愛情裡。稍後它轉爲一陣旋風，在大地深處鑿開兩座墳墓。但是這女孩首次見到他，便沒有絲毫懷疑，因爲哪個年輕女人，在面對一個英俊男人的時候，懷疑過這種旋風的未來？我至少應該早一點穿上我那男裝的盔甲，以有所防護的方式見到他。但是沒有；我憑著年少的無知採取行動。那年我幾歲，十五、十七歲吧，穿著有荷葉邊的羊毛衫，當我去那不勒斯看他，帶著這封推薦函，這是我第一次凝視他？我的年齡一定比前面說的大了許多，因爲這封信寫道，我，持有這封信的人，知道如何畫出特別優異的畫作。這封信的簽署人是賽柯利，我在雅典的老師。這陣風吹開了這封信，讀了它。我打開我從希臘帶到那不勒斯的巨大手提箱，開始向這些紳士畫家展示我的作品。在這個艱難的時刻，我得到了一個人的支持，他把我交託到另一人的手中——所以，告訴我，父親，如果你這個天生的水手也察覺到那陣奇特微風的撫觸，察覺到我在這男人注視下的顫抖；你並未察覺這一點，你把我交給他，如同我是他的妻，這人將會成爲我那些孩子的父親。如果你感覺到了，像個眞正的水手，你心中一定會浮現將要發生的整個航程。但是你什麼也沒說，因爲現在太遲了。你無法掌握我，把我捆起來，放上原來的第一艘船，好讓我們像懦夫一樣的返鄉。你期待一陣舒服的風爲我吹來，如果我讓它碰觸我；然而你也了解，命運的力量，在指定的時刻來臨，連最反叛、最勇敢的人，也能用愛情或死亡加以征服。當然，只要你活著，你就拒絕再次見到他。直到你看到我的長子愛奧尼斯❸的臉孔，你才偶爾會模糊的想到他——今晚，也歡迎你來，我親愛的愛奧尼斯。

❸愛奧尼斯：Ioannis，指 Ioannis Altamura（一八五二－一八七八），希臘畫家，擅長描繪船隊。他在七歲時與母親和妹妹蘇菲亞從義大利返回雅典。之後在雅典與丹麥的哥本哈根習畫。

是一陣風，撒播出它的種子。但是它從高空來，從肉眼無法見的源頭來，這是我這個佛羅倫斯的新娘，儘管才剛剛當了新娘，從未有此榮耀得見這景象。無論如何，當他無法返回兩西西里王國，這種事怎會發生？他的父母永遠留在佛吉亞市，在這裡，這陣風，法蘭西斯柯．塞佛瑞歐．亞塔穆拉❹誕生的地方，跟他的兄弟、堂表兄弟，還有他的富裕家庭的祖先在一起。不管他父母的眼光望向何處，在佛吉亞附近的這個地區，他們總能在自己的土地上看到同樣一座巨大豐饒的糧倉。春天和秋天的薄霧，夏日的明亮，還有冬季厚重的雨的簾幕，把他們籠罩在水的蛻變裡。因此，他擔任高官的父親，拉費洛．亞塔穆拉，還有他那有希臘血統的母親，蘇菲亞．培瑞法諾，永無休止的被囚禁在他們的地平線頭的這座開闊糧倉裡，被封死在這片天堂般的水域裡。

❹法蘭西斯柯．塞佛瑞歐．亞塔穆拉：Francesco Saverio Altamura，義大利畫家。從一八五〇年代到十九世紀末，佛羅倫斯和那不勒斯出現了一群畫家，反對墨守陳規的義大利學院派藝術，而向大自然請教。他們稱爲色塊畫派（Macchiaioli）。塞佛瑞歐和特維里（Serafino De Tivoli, 1826-1892）都是前印象派的義大利色塊畫派的成員。

他母親蘇菲亞的出身（我們稍後將給女兒取這個名字），是這陣風停息的原因，也因爲這個，他跟一個從「東方」的神話裡走出來的同齡女畫家開始交談。因爲我來自遠古，來自一片他未曾知曉的土地，連我母親也不知道這裡；這片屬於他的母系祖先的土地。此外，當時的情勢是，歐西諸國的人在深思，那片爆發革命、如今遭到解放的土地，展現出哪些永恆的象徵。因此他觀看我的作品。他甚至看出來，我父親愛我，知道我誓死要畫畫，因爲那個選擇裡有一種男人的愛的需求。後來他說，我的作品很好：廢墟；優美的風景；古董；許多希臘人，手裡拿滿純銀的戰利品、黃金的馬甲、深紅色的無邊小帽。一切都是精緻的，帶有異國風情，他補充說，但是在內心，他一定在想，他母親那邊的世界就是這麼運作的。如果她出生於當代的希臘，她很可能會站在這些形象中間，成爲他們的一員。他是一陣風和一位藝術家，這就是爲什麼，他可以滑進他母親身軀後方的幾十年、幾百年的世界。爲了要把它重新帶到他面前，他精確的凝視自己想看到的東西。

我要拉絲卡瑞娜從壁爐邊的那捆木柴旁起來，去給我泡一杯熱飲，讓我上床前喝。她也可以給自己泡一杯。她拖著腳走了。她又老又跛，但她的名字依舊是拉絲卡瑞娜。

有時我想，她可能就是「女士」本人。由於情境的顛倒，我想，也許她從某一幅描繪她的油畫裡爬出來，到這裡跟我作伴，在我的時代和她的時代的模糊含混裡，跟我一起老去。也許她爬出來，是爲了服侍我，以古代英雄的寬宏與慷慨，服侍這個在她面前一文不值的人。因爲我們一直相處得很融洽，她和我所成爲的所有的「艾蓮妮」。

此外，我的風說，我用專家的手法，呈現出這些大理石人民的身體，穿著有褶痕的長袍和束腰外衣。褶縫和外套和獨創精神——我向他說明，賽柯利，我的老師，如何從研究醫學起步，在他獻身於形象的藝術之前，因此他擁有正確的解剖學知識。塞佛瑞歐唇邊浮現微笑，兩扇張開的翅膀，在寧靜時刻射出光來。他繼續告訴我，就是這陣微風，把他從解剖學家的停屍檯，吹到藝術家的畫架前。他的父母希望他當醫生，多年前就要他前往這個王國在那不勒斯的首都。他對我說不要害怕；他初到那不勒斯時，這個靠海城鎮的美讓他目眩神迷。然後他開始對我說，他是如何緩慢的適應這個城鎮的美，適應他的新生活。他說，一開始他懷念母親，那時他住在一位神父那邊，神父是他家的舊識。他說，當時他著迷於法國小說，開始在街頭漫遊，在那不勒斯的教堂裡尋找哥德式的元素，在人的生命裡尋找更深的意義。他很高興，我也許該說，他很驚訝，當他發現我來自極爲遙遠的「東方」，卻熟知法文、義大利文和英語的文學作品。他低聲說了一句關於古希臘人智慧的話，或者是關於古希臘女性的話，但是，我對這個新語言還不太習慣，因此無法辨識他說的是什麼。當其他畫家的談話越來越近，他們提到這陣風或許不希望我聽到的東西。當我想到，一個徹底陌生的人爲何要對我傾吐這些話語，他繼續說，他懷著歡愉之情閱讀醫學的理論性作品，但是解剖課是一種折磨，因此有一天，他走進「美術研究院」。就是這樣了。從那時起，他開始不停的畫，他跟年輕的畫家們連結在一起，尤其是莫雷利[5]，最近他跟莫雷利共同接受羅馬一間畫室提供的一份獎學金。

我傾聽著，不再把注意力放在他身上。我不確定站在我面前的究竟是一個擁有熱情和靈魂的男人，還是一座突然活過來的希臘雕像。我把我的畫放回巨大的手提箱裡，我伸手觸碰他那長而白的罩衫的邊緣，這是畫家工作時穿的衣服。它的布料很眞實，用棉花做成，因此這個英俊的男人確實存在。我說，我很抱歉，塞佛瑞歐再一次對著我露出

[5] 莫雷利：Domenico Morelli（1823-1901），義大利畫家，十九世紀後半那不勒斯地區最重要的藝術家。

笑容，跟我道別。

如果我保留了賽柯利的這封信，事後我就能證明，這些精心寫就的句子後面隱藏的祕密信息，這是我的老師傳遞給收信人的：這位持信人應該乘第一艘船回家。無論她是否同時被愛情征服，因爲情感是藝術家的財富。然而她應該立刻回返，在犧牲她的長髮之前，在穿上長褲之前，在進入羅馬的拿撒勒修道院當學生、學習繪畫藝術之前。我確信，在這些字句後面，塞佛瑞歐可以讀出他這位同胞的祕密信息，這位當過醫生、後來成爲畫家的人，因爲他是收信人。然而他對我隻字不提。對我來說，當我純然無知的站在他面前，我並不了解他這些笑容背後隱藏了什麼。此外，他對這個前景一定感到滿意，一個艾蓮妮，一個貨眞價實的希臘女孩，她正在走向羅馬，將會把她所有的想法獻給他，將會成爲他的新娘，儘管這位穿著男裝的新娘看來有些滑稽。

7

我在奧佛貝克的學院當學徒的階段結束了，我隨時都能穿上女人的衣服，回雅典去。這些證書可以證明我的學習，而這些學習讓我的畫受益匪淺。我攤開這件稀罕的商品給他們看，我母親堅持說，我所有的紙作的商品都會腐爛。在這裡，他們有一整批的胭脂都爛掉了。純金是另一件事，她不斷地說，舉個例子，你右手戴上一只結婚戒指，一種仍然無法排除的可能性。然而，如果現在我被禁閉在家中，遠離各種神靈與岔路，如果我繼續畫畫，讓我的畫，在研習之後，得到更多的讚譽，她還是會覺得開心。

我對這種前景冷酷無情的正確性，抱著嘲諷的態度。有很長一段時間，這個艾蓮妮跟我不再有任何關係。我確信我沒有耗盡蛻變成男人所給予我的各種可能性，無論在藝術方面或生活方面都是如此。我寫信給父親，告訴他我會繼續跟人學習，會從我的嫁妝裡取出更多的錢。我必須在義大利到處旅行，觀賞藝術作品。現在我從拿撒勒的這所學院畢業了，我可以在其他城鎮參加其他研習會，好讓我的教育更完整。他不反對，他回答說，儘管他的妻子瑪麗亞反對。在回去之前我應該儘可能多看多學，至少再持續一段時間。他只要求我兩件事：不要忘了我是希臘人——他問我，我是否還留著那符咒——還有，要我經常寫信給他們，告訴他們我的情況，好讓他們覺得我沒有遠離。我弟弟亞納塔西斯十七歲了，不久他會去馬賽學習貿易。

我仍然穿著男裝，好讓我能安全的獨居與旅行。不管艾蓮妮曾經是什麼樣的人，我學會了，在我套上男裝的魔戒，而非純金的結婚戒指的時候，我就徹底的隱形了。這個艾蓮妮當下被一個年輕男人的形象所取代，他叫「無名氏」，儘管置身於繁多的危險之中，他必須在街頭漫遊，爲了既定的求知之旅，直到他終於成熟，能收割種種好處，因爲漫遊的目的通常就是如此。每一天的早晨，當我出於習慣，用決斷與快速的手法穿上衣服，我仍然擔心，這一天的追尋能否不帶血腥的持續到夜暮。每一天有多少爲了種種原因死去的人，把他們的故事加進了童話故事裡的年輕英雄的人生？

奇維塔韋基亞、阿西西、佩魯賈、席耶納。濃蔭的森林，惡魔與天使，雲裡的一朵玫瑰，點綴著泡沫斑紋的海神，火燄與士兵，在母親懷中發光的聖嬰，貴族的行列，窮人的祈禱，受到永久懲罰的人們的翻騰，花園的幾何圖形，建築物的遠景，穿著華服的身體，優美而赤裸的身體。來自石塊裡向我展開的繪畫宇宙，然而同時也包含古老城鎭脈動的區域，這些身體主宰了這位雙重處女的心靈，這人旣是一個遭到禁錮的女人，也是一個假想的男人。除了這一點，無論我的本意爲何，我已經用自己做爲擔保，發誓追求繪畫之愛。我必須忘記在自己的身體裡隱藏的女性與僞造的男性，如果我想稱自己爲畫家。在這段期間，我當然有一種感覺，就是一件殺人案足以喚醒我裡面的那個女人的深沉身體。我以我的亞凡尼提斯人的固執性情，用一種想像的、然而充滿獨創性的認同希臘的民族精神，當作心靈的避難所。此外，我太大膽，太有學問了，無法噤口不言，像一隻金絲雀，囚禁於所謂的女性生活裡。在鐵欄之外，我當然不是鷹，而是一個微弱的形影，一種模仿，一個無名氏。從開始就是罪人，儘管是一個沒有犯罪的靈魂，其他人可能這麼說。即使從某個角度來說，他們沒有看錯，當時他們的正確也無法碰觸到我。

對塞佛瑞歐來說，我仍然擁有女性的面容，當他的風偶然掠過，碰觸到我。不久，這男人的面具和拿撒勒的苦行修道院就迫使我適應無名氏的生活。因此，在這輪子轉向以後，我把他抛入無望的過去。然而，在那個地方，有時他仍會浮現，像一塊磁石把我吸入他的危險裡。

我早該想到，不要把自己交給這片土地的童話故事的幻覺，因爲獨自出海是希臘人的命運。這位「女士」終究是在一艘船上，展現她充滿男子氣概的英勇壯舉。我父親，靠著把我託給別人而活，住在雅典。他說，他仍然感覺得到海水，如同他血管中的血液。我身體裡流著同樣的血。然而我沒有能力了解任何事物，我被一種我以爲一個男人的角色所要求的必然性攫住。因爲如此，後來證明了，對我來說，一個內陸城市，一個沒有海洋的城市，甚至比那不勒斯更有決定命運的重要性。這個城市就是佛羅倫斯。我無法相信這樣一座城市有可能存在。我的意思是，它所保持下來的優美寬宏的風格，藉著建築物、城市的網絡、這條河、四周山坡上挺立的柏樹，它們凝望著這座城市舞台上發生的種種變化，在眼前鋪展開來。我當下就想在這個佛羅倫斯的立體圖像裡住下來，儘管乍看之下，這些作品是出於拿撒勒派畫家之手，這圖像仍持續的駁倒他們，以另一種傑作，一種對於藝術，最重要的，對於生活，的不同認知。此外，這個城市一直是繪畫的重要中心。爲了這些原因，我那時加入一間以素描和水彩知名的畫室。我在附近的一間閣樓租下一間斗室。房裡有一台鋼琴，這是我立刻租下的原因，儘管對我來說，房租有點貴。但是我從這高高的地方看出去的景觀，給了我所有的補償。每天下午，我會跑上階梯，在野鴿的陪伴下，觀看那座有著精細圖案、如同一艘船的雄偉大教堂，還有許多較小的古老教堂、鐘塔，宮殿的頂端和公共建築物，它們一起流動，在紅棕色陶瓦的起伏波浪之上，融入時間的曚昧。我凝望，我描繪，我彈琴，我歌唱，在我的閣樓裡，沒有一點恐懼。

然而，在畫家眼中，形象是敏感的。這就是爲什麼，幾星期之後，我從我的閣樓裡看到這城市的一幅形象時，並不感到驚訝，這城市顫抖著，爲了稍早攫住我的心的同一種激動而戰慄。那天早上，我在畫室裡看到塞佛瑞歐。或許因爲他知覺到自己的美與才華，他完全沒有發現這個與他同齡的學生，一個矮小纖瘦的年輕人，有著濃密鬈曲的頭髮，儘管這個年輕人幾乎撞上他，在他突然間絆了腳的時候。我詛咒我身上的男裝，然而，我又立刻感謝它們，因爲它們爲我提供必要的恩典時刻，讓我能祈禱，能激發「無名氏」的才智，以及這位處女神祇的智慧，這位女神把他安全無恙的帶到那裡。因此，我鎮定下來，想出一項務實的計畫，好讓我的下一步不致又成了一個錯誤的步驟。

我開始觀察他，我發現他跟許多畫家相熟。從他們那裡，我發現了長久以來每一個佛羅倫斯人都很清楚的事，就是在兩年前，這位知名的畫家，法蘭西斯柯·塞佛瑞歐·亞塔穆拉，請求這個城市提供庇護，以免喪命。如果我對他觀察得夠久，我也會看出，在他深暗的眼光後面，隱藏著一支手持來福槍瞄準目標、等待開火命令的部隊。只要塞佛瑞歐踏上美麗的那不勒斯一步，或是走進兩西西里王國的任何地方，這命令將會立刻下達。這是費迪南的命令，他以革命份子的罪名，在塞佛瑞歐不在場的情況下，判了他死刑。即使再早一點，還不到一八四八年五月革命的時候❻，我就看到塞佛瑞歐在同一個城市裡，走在抗議隊伍的最前面，沿著熱鬧的特雷多街往前走，嘴裡喊著反對波旁王

❻西西里島爆發至少三次反對波旁王朝統治的大型革命，其中一次爲一八四八年的獨立革命，整個西西里島完全脫離波旁王朝近十六個月。

朝的口號，隊伍最後停在王宮前的大廣場上。皇家騎兵警衛隊朝著他們衝去，發動攻擊，把他們驅趕到港邊的碼頭上。他們第一個抓到的就是這位畫家，他們把他和其他幾個愛國志士送進聖塔瑪利亞顯靈監獄。他在那裡待了一段時間，儘量想辦法與人談論繪畫，並描繪其他囚犯的面容。稍後他們得到特赦，全都放出來，塞佛瑞歐回到他的畫室，足不出戶，全心畫畫。

革命爆發後，他在那不勒斯停留了很短一段時間——我想我就是在這段時間裡遇見他——直到他發現他的名字在被判刑的罪犯名單上。他悄悄離開，以免再次遭到逮捕。他經過熱內亞、奇維塔韋基亞和馬賽，終於抵達佛羅倫斯。他流亡在外，遠離出生的地方，懷著死亡的苦痛，他再也不能回去了。不能回到他會自然的想歸返的地方，以流亡的方式，在緘默中哀悼，然而免於死亡的風險；另一些時候，帶著憤怒，以及證明自己無罪的勝利美夢。這時他已經以那不勒斯畫派的作品知名，但他仍經常跟同期的藝術家相約一起去到大教堂旁邊的「米開朗基羅咖啡館」。我問過的每一個人敍述到最後，都用這句話作爲結語，就是如果這個國家，或是繪畫，的過程中，會出現某些變化，一定是出現在這些人身上，這句話，藉著這個希望，讓他們對於這些事件與生命本身的看法，顯得溫和一些。

許多個下午，我凝望如陶瓷海洋的佛羅倫斯，在霧濛濛的氛圍裡蒸騰。許多個夜晚，我徹夜不眠，把自己交付給這段緩慢行板永無休止、溫柔慈愛的出航。從這個未知的男人過渡到他的生活中諸般無可逃避的事件，最後來到我所塑造的這個男人的可辨識的、更清晰的輪廓，由於這個奇蹟引發的敬畏，這條通道以悠緩的步調出現。每天早晨，一連好幾小時，我用眼角餘光跟隨他，在刺眼的日光下，我努力的看，以便從他的沉默裡捕捉到大家告訴我的話語裡強而有力的回聲。我終於看到他沿著流亡的透明道路，回到我最初見到他的城鎮。透明而堅硬，一顆多面的鑽石，好讓他藉著每一個切面，用不同的方式歸返；在每一種情況下，都是在異國土地上流亡的人的唯一財富。在這顆鑽石的核心，流亡者的夢，歸來的勝利，以及死亡的奇蹟，這些東西已經在他的最知名的畫作中孕育成形——身爲女人，我可以感覺到這位藝術家已然懷胎。然而，我沒有能力看清楚，這個希臘女人向他展示她的作品與推薦函時，畫中的陰影、閃光與形象背後蘊藏的涵義。我越不去看她，越渴望存在於這顆鑽石的核心，存在於他的一滴淚的核心。然而我沒有能力知曉，我應不應該披露這份愛情，它的火花隱而未顯，就像這首歌所說的，在灰燼裡，它跳躍，它發光，在每個地方顯露出來。但是我若表露自己的感情，是誰在做這件事？艾蓮妮，還是「無名氏」？經過了許多年，這是頭一次，我裡面的艾蓮妮升起，對抗「無名氏」，如同生命升起，對抗死亡。如果艾蓮妮獲勝，她會失去「無名氏」允諾她的一切特權。如果「無名氏」贏了，我會永遠失去我的靈魂。

我折磨自己，直到我作出決定，那就是，縱然不是基於所謂的女性伎倆，也是基於戰術的考量，往後的一段時間，我不得不繼續以男人的身分出現。同時，我開始上晚間的水彩課，在獲悉這位畫家，塞佛瑞歐，也參加了這項課程之後。一天晚上，我決定跟他說話。他要離去時，我走到他面前。用我那低沉、有教養的聲音，儘管帶著外國口音，我盡力用正確的義大利文清楚的說出幾個字，我準備了許多天，或許從太初之始就在準備了。我問他，是否記得一位希臘女畫家，名叫艾蓮妮，兩年多以前，她在那不勒斯遇見他，在五月的某一天，給他看她的素描，還有一封推薦函。她父親跟她一起去的，當時他穿著希臘傳統服裝。

塞佛瑞歐答道，他記得她，記得再清楚不過了。他看著這個滿頭茂密黑髮的矮小年輕人，爲了他所使用的強烈的形容方式，露出困惑的表情。他覺得這人有些困惑，因爲對方沒有察覺到這些原因，當然，他沒有必要向這年輕人說明這些理由。那就是他想到了他所見到的第一個來自她故鄉的女人，來自他母親那邊，來自他遙遠的「東方」源頭；更具體的說，來自一個理想化、典範化的希臘。那就是，在任何情況下，一位希臘女畫家和她父親的來訪，在義大利畫家的畫室裡，並非司空見慣的事。那就是，最重要的是，他把那天發生的事，清晰的、珍重的保留在他的記憶裡，因爲第二天他就要逃離兩西西里王國。他不知道能否解救自己。他們若抓到他，他會當場被槍斃。他若回去，也會落到同樣的下場。

聽到塞佛瑞歐說，他把艾蓮妮記得再清楚也不過，我感到驚喜，但是過了不久，我就從這份驚喜裡恢復過來。他陷入沉默，用詢問的目光凝視我。我繼續推動我的計畫，對他說，艾蓮妮是我妹妹。她也畫畫，跟我一樣，他很可能在下午的水彩課堂裡見過我。他肯定的點點頭。然後我告訴他，我妹妹不僅記得他，而且經常提起他，希望再次見到他。爲了這個理由，我覺得我應該安排他們見面，這麼做一點也不困難，因爲我妹妹跟我住在一起，就在附近的一間小公寓裡。他是否願意跟我過去，同她打個招呼？

塞佛瑞歐瞪視這個年輕人，心裡如同獵物那樣的懷疑著，這個走到他面前的怪異的希臘畫家是什麼人，他的話語後面隱藏著什麼東西，他爲什麼用水汪汪的眼睛看著自己。這個陌生人究竟有什麼權利，這個並未與他共同擁有任何的過去，要帶他回到他在自己出生的城市的最後一天所經歷的事情？他不知道，到最後，信任某個人是不是値得，或許這人當時從未察覺，即使不是死刑，一種不易感知的危險。他遲疑了，宣稱他的畫家朋友正在「米開朗基羅咖啡館」等他。

我知道這不是眞的。這個時間，他通常會回家。我重複提出我的邀請，一遍遍的說，我的公寓近的很，我妹妹那時一定在那裡，而第二天她就要離去，展開長時間的旅行。我堅持，幾乎是哀求的，要他跟我走。他凝視我，宛如被追捕的獵物，宛如一個不知道該說什麼的人，這讓我渴望對他披露自己，告訴他不要害怕，因爲他眼前的這個男人，事實上就是艾蓮妮。然而在同一時間，他的態度淡了下來，因此我沒有這麼做。出於禮貌或好奇——我不會大膽到假設還有更多的東西——他終於同意跟我走。

我們穿過市場，爬上四樓，我就住在這裡。我要他在起居室等一下。我給他倒了杯酒；如果他想要，在我離開一下的時候，他可以看看艾蓮妮和我的畫。我要去另一個房間，告訴她這個消息。她會直接走出房間，來這裡見他。

我衝進另一個房間，脫下我的男裝。我兩度聽到他的手指笨拙的壓住鑰匙，一種焦慮或緊張的跡象，而那時我在穿衣服，第一次見他時穿的衣服。淺藍的織錦長裙，同樣布料的外套，有著蕾絲領子的白襯衫，深紅的眞絲披肩，刺繡的平底鞋。我也沒有忘記這條絲質腰帶，我胸口上的十字架，夾克上的胸針。我重新成爲艾蓮妮。我向前走，再一次前去尋他，我若走上囚禁犯人的那艘船，也會用同樣的方式尋找他。

就這樣，我出現在他面前。被他征服。他的女人。

8

拉絲卡瑞娜一跛一跛的走到她的角落。我一直想不明白，她是一出生就跛了腳，還是某種舊有的傷害至今仍折磨著她。她的年紀比我還小一點，但是她很容易感到疲累。或許在這種夜晚，波濤的狂暴令她昏昏欲睡；或許她沒有任何話要對我的客人說。她甚至沒有看到他們，更別提跟他們談話了。

不過，請多留片刻，你們兩個，我的兩個雅尼斯。我那航海船長的父親，我摯愛的兒子愛奧尼斯。睿智的老船長和老水手，青春正盛的焦慮畫家。你們是如何藉著流逝的歲月，變得如此相像？因爲你們雖是兩個人，卻只有一個海洋的世界，它恆久地包圍你們，有時以最燦爛的色調，有時以最深沉的湛藍。我站在你們中間，如一座橋。出於一個女兒，一位母親。當這陣風如今晚一般猛烈吹襲，我覺得我的橋上似乎有鬼魂出沒。即使這座橋位於海之上。

你怎麼突然變年輕了，愛奧尼斯，變成十歲大的男孩？你還是這麼害怕這陣狂野的風嗎？只要想到，長大以後，你會在你美好畫作裡以它爲背景，讓它吹拂與提起山一樣高的波浪，鞭打雲朵的駿馬。深藍之下有暴風，天的狂怒之上有一面鏡子。一面帆，一塊白色的布，一艘小舟回到港邊。你的外公，雅尼斯．波克拉斯，站在舵旁。這艘船將會平安無事。然而船長從來不希望他的身影被描繪在船上，因爲終其一生，在精深的繪畫藝術面前，他總是感覺到一種無文的敬畏。母親和心愛的兒子，然而我們了解居存於我們的畫裡面的靈魂。以肉眼無法見的方式，雅尼斯．波克拉斯拯救了你描繪的那艘船，讓它免於毀滅。當天候趨於平靜，雅尼斯．波克拉斯不時從這些船上冒出來，站在你，愛奧尼斯，不停地畫著的手之旁。然後，你的外公對你說明，告訴你，這光如何落在海上，你應該如何描繪他參加過的海軍戰爭，直布羅陀岩山（Rock of Gibraltar）如何封鎖這片海洋，卻打開了另一片，還有，在海洋與它的水手的每一次結合之中，美與死亡如何合而爲一。他甚至告訴你，大海的形體是如何擁有自己被分配到的時間，擁有自己深不可測的永恆。它吸引著情人、水手，或是不了解它的畫家。永永遠遠，海洋的不朽與分配到的時間，必須同時在你的畫裡呈現，不只用他體驗到它們的方式，還要用他從過去一代代的人們那裡繼承它們的方式。若不這樣，你的畫就不會成爲眞實的作品。

當我們還是小孩，就聽過船長說這個童話故事。儘管他對我和你，我的兒子，說出這些事中間隔了幾十年的時間。然而這不足以驅走我們兩個人旅程中的惡魔。我想不明白，錯誤是否在於我從來沒有眞正成爲那個勇敢的年輕英雄？然而我如何知道，要有多少的眞相，才能讓這童話故事的麵糰每一次都脹大升起？總之，我回想，全神貫注於你的身形，當你站在那裡，描繪海洋與船隻——儘管當時你一定已經長大成人，完成在「哥本哈根藝術學院」的學業，回到這個小島——我是如何的努力思索，或許你，我的兒子，正是我身爲一個年輕女人時，膽敢去扮演的可悲贗品所追求的極致狀態。我羨慕你。我這麼說，並不只是因爲無論我穿上什麼衣服，我從未擁有你的才華或你的美，也因爲，或許是出於偶然，除了你散發出來的豐富內容，你還讓我看到了我生命渴望得到的，另一個褻瀆的甚至是荒謬的部份。同時，我爲你感到自豪，彷彿我是靠著自己生下你，因爲我過著既是男人也是女人的生活。憑著這種詭辯，看起來好像是我可以抗拒這個折磨著我的想法，關於這陣風的想法。

但是，你在童年時代的畫作，對塞佛瑞歐的這陣風有多少了解？完全沒有。不僅你，他的兒子，不了解他；你甚至不記得他。或許這就是爲什麼，當你小的時候，你是如此害怕這狂野的風。

孩子的恐懼是童話故事的關鍵。爲了讓你安心，今晚我要再講一遍你喜歡的那個故事。關於那個女孩的故事——一個希臘女孩——她扮成勇敢的年輕男子，以便在危險中漫遊，以便領悟眞相。第一個眞相是，她徹底學會了一門藝術。第二個是，她愛上了一個男人，一位畫家，但是她不知如何啓齒，如何讓他愛上自己。因此，她一定要讓他們成爲朋友；她一直扮成年輕的男子。他們一起遊遍托斯卡尼地區佈滿橄欖樹與柏樹的山坡；他們一起造訪義大利各地的教堂，以便崇敬和描繪裡面的聖徒；他們一起在這位畫家的畫室裡，對著同樣的裸體模特兒作畫；他們一起跟其他的藝術家討論，從清晨開始在許多優雅的咖啡館裡，在月光下結束於橫跨亞諾河的許多座古橋上；他們一起閱讀小說、詩篇和報紙。直到有天，他們一起參加一項盛大的慶祝活動，還有很多人也去了，出於對希臘和義大利的愛，因爲這兩個國家當時有許多相似之處。他們吃東西，喝酒，他們唱歌的時候到了。一個姓名不詳的女孩站起來，唱了一首希臘歌。然後，這個打扮成年輕男子的希臘女孩失去了理智，因爲這是她最愛的一首歌，而她已經有很多年沒有聽到了。這首歌的歌詞是：「就像火花隱藏在灰燼裡，我們的自由也是隱藏的。這一天來臨了，它跳躍，它發光，在每個地方顯露出來。」世界翻轉過來，當這個扮成年輕男人的希臘女孩爲了她那遙遠的故鄉而心碎。也爲了她把心中的某個東西連根拔起，以便達成她的目標，以便藉著穿上男人的衣服，尋找到眞相。她衝上前去，擁抱與親吻這個唱出了她最愛的一首歌的陌生女孩。

就在此時，一場衝突幾乎爆發。女孩的友人們抗議道，這個外國人怎能如此大膽，他對這女孩毫無所知，怎麼能吻她？友人和國家分成兩邊，一邊是希臘人，另一邊是義大利人。這個扮成年輕男人的希臘女孩領悟到，接近第三個眞相的時候到了，童話故事裡的這個眞相將要得出結論。此刻這個眞相將要決定，一個生命會形成，還是遭到毀滅。

有時它會決定，在一條未知道路上一起旅行的兩個人，由於——你的年紀也許還太小，愛奧尼斯，不過請注意——生命中沒有任何事物只是單一的一件事。當我撫摸這孩子的腦袋，我的手碰到了塞佛瑞歐的手，儘管我已有許多年沒見到他。

第三個，也就是最具有決定性的眞相，包含在這陣風裡。這個扮成年輕男人的希臘女孩爬上椅子——最初，我必須承認，她覺得害怕——要大家安靜下來。她認眞且充滿情感地大聲宣布一件事，好讓世上所有人，甚至連那些待在地下的人都能聽到她的聲音。她說，雖然許多人已認識他好一段時間，他們眼前看到的這個人，並不是男人，而是女人。她說，她不得不穿上這些衣服，以便漫遊四方，尋找眞相。她相信其他的童話故事所說的，當一個年輕的男人展開這段危險的旅程，最後會找到眞相：他會跟心愛的人結婚，成爲一位國王，生育子女，從此過著幸福快樂的生活。然而，女性不被允許展開這趟旅程。憑著她們迥異的心靈，誰知道到最後她們是否會發現，探求得來的眞相並非單一，而是有許多面相？奇蹟、罪惡、瘋狂、婚姻被取代、權力的反轉、持續下去、幸福快樂——這是一個女人的漫遊可能得到的結果。然而這個希臘女人，且是倔強的亞凡尼提斯人，她有一項計畫和許多才智的稟賦；她打扮成男人，就此出發，前去學習。最後她總結道，她還在學習，她的旅程尚未結束。不過現在它可能要結束了。如今他們全都知道了，他們可以懲罰他，或是愛她。

她的名字是艾蓮妮。

就在當下，她愛著的畫家愛上了她。他的愛也是一種懲罰，男人的愛通常是懲罰。一開始並不明顯，當他的風讓她升起，以溫柔而強勁有力的擁抱，暫時帶著她進入極樂的七重天。在那裡，我的兩個天使誕生了——你，愛奧尼斯，在這童話故事中睡著了，還有你妹妹蘇菲亞。然後是第三個，亞歷山卓斯，現在他一定還住在異國土地上的某處。如果他還活著——他有許多年沒寫過一封信給我了。

樓上，百葉窗又砰砰響了——或許我會收到一封信。現在很晚了。父親，此刻你把愛奧尼斯抱在懷裡，他正睡著，然後將他放到床上。你每天晚上都這麼做，在我們位於普拉卡的房子裡，愛奧尼斯和蘇菲亞在那裡長大。我了解你，你比年幼的孩子更想相信我的童話故事。我也爲你講這些故事，也許我能滋養你的暮年。但這也是爲了我自己。讓我們留下這些童話故事，作爲我們的安慰與支撐。

明天，如果你可以，不要忘了修理那扇百葉窗。你建造的、當作儲藏室的這棟房子，我幽閉在此已有多年，現在它快要崩解了。拉絲卡瑞娜再也沒法處理了。
明天，天一亮，另一個昨天。

9

稍後，塞佛瑞歐宣稱，在那個房間裡，他已看出「無名氏」背後的艾蓮妮。否認他的看法毫無意義，因爲我知道，這件事沒有爭論的餘地。年輕的時候，誰會爲了模糊的祖國，冒上性命的危險？然而，再一次，從另一個觀點來說，我不曉得那種風險的果實，把它的力量發揮到極致，是否會讓他立即了解我的詭計，羅馬和佛羅倫斯的許多同輩藝術家，長久以來連猜也猜不出的詭計。後來他又說，如果他不是被那個來自「東方」、永遠藏在面紗後面的女人所蘊藏的謎燃起了火，他怎會有將近一年的時間，同意在他的畫室裡，跟她一起描繪裸體模特兒，跟一個幾乎是滑稽的人，遊遍托斯卡尼的村莊與教堂？我無法完全排除這一點，因爲愛情在它綻放花朵的開端，會包住最尖的刺，讓它們顯得有道理，儘管這些東西從不凋萎，從不遺忘。此外，對我來說，成爲男人的蛻變，是一種更爲內化、憂傷與戲劇性的狀態，而不像塞佛瑞歐的眞相，他曾宣告他的三位一體的信仰——篤信祖國、藝術和女人。我會說，不要緊，這位好人會隨著年齡增長而變得柔和香醇，他會像孩子一樣重新詢問一切事物的眞相。

這就是他所宣告的，儘管這種事不可能發生，就像在那不勒斯，我不可能如他所看到的，出現在他面前。當時我頭上覆蓋著王冠般的墨黑鬈髮。沐浴時，頭髮總是覆蓋我的裸體。當它擦乾了，一個女僕必須幫我抹上香水，用象牙梳子梳理它，裝飾它。然後爲我舉起第二面鏡子，來證明它的雕塑。然而，在那不勒斯第一次見到塞佛瑞歐的數天前，我犧牲了那些頭髮。我必須剪短它，如果我希望看起來像個男人。這就像那古老的哀悼象徵是必要的，當我向我生命中的一個部分道別，衍生出下一個部分。

我保留了我在第一次和第二次見面時穿的這件雅典的衣服，用女人以無以言喻的方式守護著自己初愛上一個男人的心情。然而哀傷和頑固讓我第三次穿上它們，在三年之後，塞佛瑞歐離開我，我搭船返回希臘的時候。不論它們無瑕的藍如何嘲弄我。不論它們深紅色的享樂主義的允諾如何取笑我。不論它們在我身上束得有多緊，在懷孕三個月之後，我的身體改變了。不管它不再適合塞佛瑞歐極爲不喜的我的短髮，當他畫我懷了我們第一個孩子的時候，他用一條黑而長的方巾蓋住了它。我尋求那套衣服的保護，在我逃離祖國以及返回祖國之際，在家鄉，我的雙親已承擔起養育我頭兩個孩子——愛奧尼斯和蘇菲亞——的責任。只要可能，我就從義大利過去看他們，儘管愛奧尼斯跟塞佛瑞歐和我住過一段時間，在我們於佛羅倫斯租的小公寓裡，就在可可梅洛街上，美術學院對面。也就是在某次我去看他們回來的時候，我看到了塞佛瑞歐的信。

他在信裡告訴我，他要走了，跟珍．海恩在一起，她是我的英國朋友，也是一位畫家。他寫道，無論如何，他計畫到巴黎參加萬國博覽會的這件事，我早就知道，他已經受邀參加。這位畫家和他在那不勒斯事件中的同志莫雷利，還有畫家特維里一起受到邀請，也都出發了。他說，他帶著我們的第三個孩子亞歷山卓斯同行，他還是個嬰兒，如此我就不會讓他也消失在我的「東方」面紗後面。他說，他把我當個畫家來敬重，把我當他的妻子來愛，但是他日益厭倦我的憂鬱性情，缺乏信任，那持續的旅行，以及無論何時，只要我必須穿上女裝，所表現出來的不愉快，我剪短的頭髮。他說，他不會回這個家了。

因此，我墜落到祖先跟前，求他們憐憫我。我不確定我母親怎麼看我。以她守舊而單一、儘管是無法動搖的方式，實質上她早就預言了將要降臨在我身上的事。她會同意不去取消我反叛的失敗，或許會妒忌我，在我的女性的墜落之前，享受的自由與歡愉？即使只有最輕微的證據證明她是對的，我也會爲此受到傷害，因爲我永遠不會同意她的看法，認定我的生活被徹底摧毀了。背叛、流放、歸鄉、深刻的怨恨、痛苦，我會這麼描述，用我自己的話語，它必須吐露出來，一個沒有絲毫懊悔的艾蓮妮。無論如何，我會有很多時間，來思考與反覆推想我的感受。

我坐在一個小箱子上，它是原本凌亂、幾何圖形堆放的許多箱子和運貨箱中剩下的一個。我要帶著我的二十個小箱子，還有同樣數量的運貨箱，不管一生經歷的劫掠給我留下了什麼，我總是分類擺放，在一張長長的手寫清單上記下每一樣東西。頭十個箱子裝著我最初的作品和影印本；我還擺了塞佛瑞歐畫的兩張小型肖像。一張是我懷著愛奧尼斯，一張是我弟弟亞納塔西斯。八個箱子裝著我的書，以我熟知的古代與現代的各種語言寫成，因爲這樣我就可以讓自己被拖進這座巴別塔❼。在這些箱子裡，我放進了畫畫的刷筆和顏料，上課時作的石膏雕刻作品，我那破碎家庭的磁器和水晶器皿，各種布料和家中的亞麻布。我顫抖著把一個小盤子包起來，盤子上寫著「米開朗基羅咖啡館」。許多天來，我收拾、分類、記錄，沒有流一滴淚，直到全部整理完畢了。天未破曉，我坐下，等候馬車前來。

我聽到它在門口停下。我立刻聽到搬運工人走上來的聲音，不自覺的，用義大利文大聲說笑話。他們沒有花多少時間就搬完了。我要他們在樓下等我一會兒。我確定我把塞佛瑞歐的信放在手提袋裡，我母親的符咒放在胸口的衣服裡。或許是出於一種過度強烈的衝動，我在空蕩蕩的房子裡爲塞佛瑞歐留下一朵玫瑰花，不管他的信上所言，只爲了萬一他可能會經過那裡。我走出去，關上門，走下樓梯。大教堂的黝黯輪廓淸晰可見，擋住了可可梅洛街一端的盡頭。對面的美術學院關閉了。兩個老人在看我，他們被框在

❼巴別塔：Babel，據《舊約聖經》記載，人類想蓋一座通往上天的巴別塔，以證明人類無所不能，上帝知道後，將人類分送於世界各地，以語言加以分化，於是人們之間充滿衝突，最後建塔的夢想成爲幻影，人類也從此不再溝通、交談與傾聽。

他們最先拉開的綠色百葉窗裡。我爬上等待的馬車，裝著我的東西的兩輪運貨車跟在後面。

我也如此啓程。沒有淚水。

像個希臘女人般不流一滴淚，我父親對我會表示贊許，爲了女兒的自尊，他渴望我投以冷酷的凝視。當我見到他，並不是恰當的時機告訴他一切都和過去不同了，縱然爲了這個理想中的烏托邦，已流了許多的淚與血。無論如何，我的歸來，透過一個女人惡魔般的本質，傾覆了他的簡單、充滿美德、明明可見的萬神殿，這女人不僅暫時將自己轉化爲男人，同時，在變回女人之際，被迫擁抱天主教，背叛了她祖先的古老信仰。我必須跟塞佛瑞歐結婚。我必須改變我的東正教信仰，寫下一紙棄絕與悔改的聲明。我簽了自己的名字，我犯了罪，而我徹底否認這些不可饒恕的罪名，就像一道造假的光照亮我所有祖先的搖籃、他們的婚姻與入土。有鑒於過去我向來對宗教事務毫無興趣，我必須承認，當壓力加到我身上，嘲笑我的東正教信仰，要我與它斷絕關係，我產生強烈的反應。但我沒有其他的道路可走。我屈服了，並且想到與這件事部分相呼應的決定，儘管是自願的，也是不一樣的，那就是打扮成男人，好讓我能去學習。我也想到，如果，以後見之明來看，知名英雄的鮮血包含了諸般美德的萬神殿，就連一個女人不起眼的血也能披露這麼一座萬神殿的不足。至少我不只一次在天使與惡魔之間冒著生命的危險。引發我的反應的主要原因是道德，而不是純粹的宗教壓力，我在正式文件上少報了六歲，這樣我就不會被推算出是艾蓮妮，而她簽了字，棄絕、拒斥了祖先的信仰。此外，塞佛瑞歐永遠會隱瞞他的眞實年齡，少報個幾歲，誰知道他這麼做是爲了什麼。

我和塞佛瑞歐的婚姻裡的一切，都是在沉重的壓力下發生。有一天，我從天主教的教堂裡拿回來——經歷了耗時費日，最重要的是，痛苦不堪，的程序之後——一張證明書，證明我，信仰異端的艾蓮妮，已經棄絕了我的異端幻覺，第二天，九月十日，我跟塞佛瑞歐的婚禮在聖母百花大教堂，也就是佛羅倫斯的天主教大教堂，有兩個義大利人和我弟弟亞納塔西斯作見證，他暫時停下在馬賽的貿易研究，來到佛羅倫斯，好讓婚禮前的程序儘快完成。最重要的是，確保婚禮舉行。然而，他不是從希臘來的，婚禮上也沒有其他人是來自我的大家庭。連我那過去常旅行到遠方的父親也沒能，或是沒有意願，出席婚禮。我安慰自己，當我初到這個國家，他已經像護送新娘一般護送過我，當然，那就是我初次見到塞佛瑞歐的時候。亞納塔西斯如今已是大人了，他有著淺棕色的頭髮和緊張的綠眼睛，穿著他的深色套裝——我帶走的塞佛瑞歐畫的那幅小型肖像，畫的就是他這時的模樣——他必須向我們的雙親保證，他姐姐與這陣無法捕捉的風的結合，的確蒙神祝福，儘管是在另一個信仰之下。因爲一項婚禮，在剝奪了習俗的裝飾和儀式之後，不管是亞凡尼提斯人的，希臘人的，甚至是外國人的，就好像根本沒有蒙神祝福，好像它只是公佈了自由同居的罪惡，好像它預告了即將來臨的崩解。儘管我用這條古老的面紗，用潔白的新娘蕾絲，蓋住我的短髮。身爲新娘，在那一刻我明確的領悟到，某種東西似乎把你和一個男人終生綁在一起，也會把你從他身邊一把攫走。直到那一刻，當我聽到婚禮上的拉丁文，我才允許自己，不是跟英俊的新郎，而是跟我自己的血統，深深的結合在一起。這血統，我曾以一千種不同的方式背叛過。這血統，在我背叛的幸福裡缺了席。

無論如何，站在我身邊的這個男人，也許有著同樣的感覺。他的家族也沒有人來參加。逃離死亡的亡命之徒，看起來好像也逃離生命中種種事件，如同一陣風，從事物的形貌裡釋放出來。我不怪他。我只是把這封道別信拿出來，重新看一次，這個同時從婚姻的連結裡逃開的亡命之徒。馬車的搖晃讓我沒法看下去。但是我打心眼裡知道。在我心中，我終於哭了，我又看了一次。

10

亞歷山卓斯還活著。一天清晨，我接到他從那不勒斯寄來的一封信，日期是一八九七年一月七日。

塞佛瑞歐在一月五日破曉時分去世。

就在此刻，我必須把這個消息寫在練習本上，這本子上記錄了我生命中種種重要的事情，夢境、書上的段落、報紙、飄蕩的想法、還有食譜。如此我才能確定，我確實接到了這些文字，即使它們譯自義大利文：「親愛的母親……我那有名的父親不再受苦了……他以一位好天主教徒的身分去世……如同一位偉大的藝術家和一個好人該有的感人喪禮……他留下一封信給我，它讓我淚如雨下，在信中，他承認自己犯了錯，要我原諒他一毛錢也沒有留給我……他要我代表他，請求你的寬恕，爲了他帶給你的一切苦痛……」

塞佛瑞歐，你來了，在久遠的愛情裡。

你總也不老，你拒絕老去。然而我有四十年沒看到你了。留下來。坐下，我給你倒點喝的。拉絲卡瑞娜不在這裡；她出去買東西了。你爲什麼用這種眼光看我？我沒有要走到另一個房間去換衣服。我對生者的變化不再有信心，現在我只相信死者的變化。在你等候的時刻，爲了消磨時間，你可以看看四周，房裡掛的幾幅畫，今日仍然爲那個女畫家所擁有，你把她一生綁在你的愛情上。綁在一個不幸、因而無法消解的婚姻上。此後我很少作畫，在這棟房子裡，我保留了些許我在做的事。還有眼淚。然而這些淚水——所以你同意了，終於來了——沖走了我的畫。它們不希望被那些對我們的愛情一無所知的人看到。身爲畫家，你可以審視它們；身爲我最初的愛，你可以把最初與最終連結在一起。轉過身來，看看窗外那片海洋。玫瑰色的，潮濕的。我的「東方」不會說謊——爲了歡迎你，向你致意，它仍然保留著，我領悟到，我的世界最初的潤紅。你害怕我，就像你怕這片海洋，你愛的是在乾燥的土地上你所有的航行。

風，從昨天起，你就不停的吹，你的撫觸讓我顫抖，那麼告訴我，這朵葬下的玫瑰，我離開我們空蕩蕩的家之前，留下的這朵玫瑰，究竟是什麼顏色？黃褐、暗紅、雪松的棕、絲綢的白、一抹墨黑發出的光亮。你答道，這些顏色是你在去年完成、最後的一幅畫所用的顏色。「懷疑與信仰」，你給這個蓄鬍子的老人施洗，爲他取了這個名字——你年老時是否就是這個樣子，我沒有見過的樣子？所以，在同一時間，你既懷疑又相信，右拳在餐桌上緊緊摳住，在那裡，一本大大的《聖經》翻開了一段時間，一根粗短的蠟燭即將燃盡，一個赤裸裸的骷髏頭吸引了你的目光。你的右手抓住扶手椅的木質把手。今晚是如何的漫長，在你的畫之外，漆黑如這頂黑色貝雷帽，藝術家的象徵，一頂皇冠，放在棗紅的神聖絲綢上，在你的描繪裡，它包覆你。所以塞佛瑞歐，你也想辦法變老了？

所以，隨著你的老去，儘管在你的第二次、也是最後一次的死亡之前，你也試著變得柔潤成熟了，還像小男孩一樣，詢問每一件事的眞相？這幾個字「懷疑與信仰」還能有什麼別的意思，在這麼多年以後，你把它們寫給我，是要尋求我的原諒？亞歷山卓斯，他是如此俊美，是一個金光閃閃的獎盃，從我生命中擄掠劫走的戰利品，在另一個女人雙手撫養下長大，以便有一天，他能把這個消息送來給我——今天這件事發生了——塞佛瑞歐再一次成了亡命之徒。不再是逃離死亡，這種事沒有第二次的機會，而是逃離生命本身——彷彿我未曾察覺神靈、靈魂和風的不朽。我希望珍·海恩好好養育他，在你們生下的兒子身邊，那個你一直沒有讓他姓你的姓的兒子。

風，不要誤解我，不要發火。我了解。在這裡靠自己過了這許多年，我學會了詮釋你的氣息，學會了跟神靈說話。它們說我是女巫。舉例來說，我怎麼知道你有個兒子是珍·海恩生的，就是畫家伯納多·海恩？在這件事情上，亞歷山卓斯比較幸運，他得到了一個合法的姓氏，你所擁有的受人敬重的姓氏。我還知道別的事。例如，他們兩個都跟你學畫。伯納多在那不勒斯學習，描繪它的美與風景——我懷疑，他敢不敢用目光穿透它的美，穿透隱藏的東西，穿透隱藏在它淡漠外表背後的一切？儘管在你寫的那本去年在那不勒斯出版的《生命與藝術：我的生活筆記》裡，你沒有提到他和他母親的名字。

不要驚訝我知曉這一切。我是從海浪的交談裡聽說的。我要它們告訴我，它們隔天就把它帶到我面前，我想是的。然而，在這個時刻，我的心飄向你最後的一幅畫。你是在去年畫的，也是在去年，你出版了你那本知名的自傳。我禁不住要想，你的自傳是否就是畫中翻開的那本書，擺在骷髏頭和殘燭旁邊的那本書——或許正翻到決定我們命運的婚姻那一頁？懷疑與信仰，壓制與接納，事件與詮釋；看起來你的生命因而走上它的路途，被記錄下來，因而它是比較幸運的。

總之，亞歷山卓斯跟著他的合法姓氏的路線往前走，儘管缺乏一位母親，他定期從巴黎返回那不勒斯，這個你最常居住的城市，而且，在這個國家統一之後，你在這裡得到無數的榮耀——在這個我清楚記得、看著我讓自己轉化的城市裡，我們的兒子埋葬你那為人摯愛、潔淨無瑕的屍體。我養大了我們愛情結出的第一個果實，還有我們的女兒蘇菲亞，這對我來說已經足夠。愛奧尼斯經常來看我，圈在我的亞凡尼提斯大家族的界線之內，這個，你害怕或輕忽的家族。在這裡，愛奧尼斯，我的畫家兒子，屬於我。

所以，波浪毫不猶豫地把你的這本書帶到我面前。一陣西風迅速吹開它的書頁，我不斷發出指令要它停下來，好讓我哭泣，好讓我欽仰你。我知道了許多關於你的事，一團混亂的謊言和眞相。一連好幾個小時，我讀著書，看你逃離我們的婚姻以後在哪裡避難。我是指一八五五年你到巴黎參加萬國博覽會的那次知名的旅行，跟莫雷利和特維里同行。在這裡，政治、經濟和情感的動機匯集一處，結果不僅展示農業產品，這些國家的藝術也參與展出了。農友學院跟巴比松藝術學院❽相互競爭，而巴比松畫派有許多作品，在革命性的「寫實主義亭」❾展出。如今藝術從它封閉的畫室裡冒了出來，在遼闊的鄉野與青空的開闊四散的光線之中，尋求一種不同的觀點。總之，在你們回憶的畫室裡，別再說了，你們被拍下照片，一整群的義大利畫家，每一個人都顯得茫然而愉悅，啜飲首次製造出來的義大利美酒，它在博覽會中贏得一個獎項。後來，沒有人知道在多

❽巴比松藝術學院：Art School of Barbizon，十九世紀中葉，巴比松畫派的畫家居住於與巴黎市郊楓丹白露森林旁的小村巴比松，以直接觀察自然景觀的方式，描寫風景、農民與動物。這種方法與態度直接傳承到下一世代的印象派畫家。

❾寫實主義亭：Pavilion of Realism，法國寫實主義畫家庫爾貝（Gustave Courbet）一八五五年因萬國博覽會評審團拒絕讓他的畫作參展，憤而在會場附近造了一間小棚，命名爲「寫實主義亭」，自己辦起展覽。

久以後，你回到佛羅倫斯，「米開朗基羅咖啡館」的一切全都沒有改變，藝術家的聚會地點，而我們的房子已被一朵玫瑰淹沒。同樣的畫框，同樣的大理石餐桌和維也納椅，同樣的臉孔送上同樣的飲料與餐點，當時這家咖啡館，由於一天下午在裡面發生的一項誕生行動，突然間名聲大噪。當你——既是巫師，也是母親，在藝術允許任何男人做到的範圍之內——開始談論灰色的調性，談論這面絕妙的黑鏡，那就是，你若在它的晶澈之中注視一片風景，所有的顏色都會消退，因而凸顯出明暗的對比，一張有許多鮮豔的小點構成的網，在其中，身爲畫家，你會用顏色進行干預。因此，你和其他人，去巴黎看到這些戶外畫家的作品的人，他們產生了義大利色塊畫派，讓你的逃逸得到永遠的合理化。然而許多年過去了，你也逃離了這種風格，就像逃離你的英國情人。你是一陣風，迅速的包覆來到你路途上的每一件事物，再迅速的解開你的包覆。一條線，繞著你的童話故事的紡軸打轉。

把買好的東西拿到廚房去。只有我一個人，你爲什麼要問？

如果我的靈魂裡還有一些色彩，我會畫她聽命和跛行的姿態；一個不同的拉絲卡瑞娜。向她表示感激，感謝她服侍我，儘管我沒有任何東西可以給她。我也把另一件事放進畫裡。那就是，每個月我弟弟，亞納塔西斯，必須從雅典寄錢來，支付她的薪水和我們的種種需要。這是雅尼斯．波克拉斯臨終前交代的；即便我已在義大利花光了我的一大筆嫁妝，即使家族的財產不再有我的這一份，我弟弟是剩下的唯一男丁，他有責任供養我。他信守他的承諾。如果有時候他忘記了，這個忙碌的生意人，他的女兒妮娜．迪米崔艾帝就會幫忙把錢寄給我們。她是雅典大學一位耳鼻喉科醫生的妻子。天氣什麼時候才會變好？這樣她就可以再次帶著她年幼的兒子來看我，因爲我已不能旅行。或者，我母親瑪麗亞，會把說好的總數寄過來，她跟他們住了好多年，直到她也啓程，去找她的船長，她的心中懷著恐懼，害怕過了三十三年之後，他會覺得她太過老邁。然而這筆錢現在不夠我們用了，因爲日常生活的費用日益昂貴。

塞佛瑞歐，我——無論這是哪一個我——要在這裡畫拉絲卡瑞娜，我不要聽你談論光線的小點的創新。我要在情感的古老漠然的光線裡畫她。除此之外，我一無所知，而這不屬於任何偉大的風潮或派別。這不會成爲藝術史或一個人生命史的新頁，由於這一點，它無疑會被人遺忘。此外，身爲一個衰老寂寞的女人，我有時會想，我的生命裡從來沒有任何故事，沒有任何一頁是如此重要，重要到想把永恆禮物釘在上面。好讓你不致把它一併掃落，如同掃落一件垃圾，我的風，在這艘被俘虜的艾蓮妮之船上，曾經所有的帆都漲滿了你。

在你將自己抽離我僵硬的身體之前，讓我問你一件事就好。你會想起我有許多作品，在你佔領我又離開我的時候，我仍是一個活躍的畫家。現在我來到了那個受詛咒的日子，當我燒毀我所有作品，那些我帶到這個簡陋住處的畫。不要假裝你不知道，否則我會發怒。我在這扇窗外燒毀它們，在這片鋪著鵝卵石的臨海陽台上。不要倔強的否認這件事，你幫忙搧起了這把火。一陣五月清晨的微風，你爲此接連傷痛了三天。然後你變得狂野，猛烈吹襲，掃盡我的畫的灰燼。沒有任何東西留下來，讓人回想到這火燄罕見的赤紅，這火燄是由我畫裡表現情感和過於自負的色彩所塑造。所以我問你，風，你把我帶向何處？你把我曾經是的這個女人的灰燼灑向何方？

跟隨著那火，我不再用過往的方式去活。而你繼續進行——我是從你那本既眞實又謬誤的書裡領悟的——一個男人的生活、故事與繪畫。

現在，走吧。

但是，要再回來。

等一下。

我給你我最溫柔的寬恕。它只有一半，因為沒有時間來分享它，像應該發生的那樣。你已經遲了。你拒絕了。你感到羞愧。或者，你把我撒落各處，因而找到了平靜，直到，冰冷的灰燼開出了花，你看到一朵玫瑰，信仰和懷疑。生命已然消逝，如今我也不能要求你的原諒。好讓我們的愛情，我們靈魂的結合，在這個永無止境的夜晚，牢牢地握在一起。

11

戲劇性的事件被拉向它的出生地，就像在母親的奶水裡尋找解藥。我也跟隨返家航程的磁針，它是如此靈敏，有時向我展示古老的圓柱，有時是大海，閃著光穿透我的島嶼上的松林樹幹。在我的煩惱裡，我自負到了傲慢的程度，一開始我並未領悟命運的暗示，我不知道這根針爲何在雅典和斯派朵之間急速地來回移動。我停下來，在雅典這個城市裡，眞正的雅典正如預期般圍繞著我。這就是我會居住的地方。然而，我也停下，停在它的過去裡，希望有一位更仁慈的神會讓我從今以後在這裡定居下來，在它的圓柱前面成爲一個懇求者，不要強迫我跨過那個高貴的門檻，在舞台上，它要求最軟弱的人流出鮮血。爲了取得他的信任，我要永遠留長髮，把男裝擺到一旁。在任何情況下，我都沒有選擇，只能活下去，如同在希臘一般。

我生命的另一個階段終止了，藉著我愛情生命的結束，也藉著隨之而來的、我的學徒生涯的結束，因爲這兩件事，恕我直言，主宰了我拋在背後的那個世界。這個終點改變了我想在我生命中遵循的路程。它深刻地、卑劣地改變了這路程，因爲從一對情侶的愛，到照拂一名子女，從一個學徒，到必須去工作，這些事件隨著被擊敗與背叛的感受，甚至帶著某種罪惡感，而不是災難臨頭的感覺。就我的婚姻經驗來說，更恰當的說，從我稱爲「本能智慧」的那個東西來說，我了解，那本生命之書，尤其是女人，要透過那片塞佛瑞歐的黑色透鏡來看，它濾掉一切色彩的細微差別，在靈魂的孤獨風景上，鋪開一片黑白交織的小點形成的網絡。帶著這些感受，回到熟悉的環境後，我領悟到，在此之前，我一直是根據靜默的結束和樂觀的開端來估量我的生活，然而在此之後，我將更嚴厲的估量它。儘管情況一直是這樣，因爲沒有一個起點會脫離它的終點，也因爲我同時反映出，那些個成功的艾蓮妮走過我生命的道路，一個艾蓮妮生出下一個，而後消失，對我來說，從此以後，事情的終點似乎比起點更有份量。一個預兆，在其他的一切之外，那就是我已開始老去。

我對這些思緒產生了強烈的反應。即使我一生的濕壁畫就像女人的遊行行列，每一個女人在不同的階段行進，提著一籃柳橙或石榴，紙莎草作的紙、鵝毛和棕櫚枝。我，我是個畫家；我能干預在東正教教堂的中央走道上，殉教的女人被描繪出來的方式，只要加上一個懷疑的筆觸，加在她們忠誠的眼光上，這些眼光閃耀著，宛如被瑪瑙、象牙和嘆息聲所照亮。我必須承認，我感到自豪，藉著一個夏娃的詭計，我進入了禁閉的知識與歡樂——遊行隊伍裡眾多女人中的一個，因此，可以用天堂般的赤裸加以描繪，孕育出現代知識的象徵：一套衣服、一頭短髮、一張畫板、畫筆和畢業證書。我至少證明了我的繪畫知識，或者說，我希望我可以，在當地市場跟我的男性同行平起平坐的並肩工作。我有兩個孩子要養，也不再有來自嫁妝的資金。但是，即使沒有壓在身上的各種需要，我仍渴望用工作來證明學習的價值，即使對女人來說也一樣，進而讓我轉化為男人、以便上學校進修成為合情合理的事。儘管有著強烈反對的聲音，大致說來，我這種身分的女人不會在家裡工作，更不會在家以外的地方工作，然而我開始工作了，在歸來之後，必須穿上女人的長裙，留起女人的長髮。然而，我並不認為我貶低了自己，像無數直率的藝評家所說的那樣。我的天堂與他們對世上事物過於簡化的分類並不一致，結果，它沒有察覺這全速的墜落，而是察覺到我必須對抗這暴風雨。身爲海員的女兒，我聽過這些故事和寓言。我還有些許的勇氣。

我教課。年輕的王后奧爾嘉是我第一批學生中的一個，儘管她的前一任，愛瑪麗雅，在我回來以後，召我前去，詢問我鄰國的藝術情況，以及我在義大利的教堂和博物館裡看到了哪些畫作；我必須承認，她的知識給我留下深刻的印象。許多年來，我在「教育研究院」教日間部的女學生畫畫。大多數畫家都能接納我，沒有絲毫問題。我曾兩度跟萊特拉斯（Nikiforos Lytras）一起獲選爲奧運評審委員，他也曾是賽柯利的學生。另有兩次獲選爲「藝術學院」美術系甄試委員會的委員，其他委員包括馬格瑞提斯（Yeoryios Margaritis）、蘭格維斯（Alexandros Rangavis）、希勒（Ernesto Schiller）與馬羅亞尼斯（Yerassimos Mavroyannis）。我自然而然地成爲波克拉斯劇院的定期訪客，跟我去義大利之前一樣。儘管有財務問題，波克拉斯劇院仍有光輝燦爛的時刻，由轟動歐洲的義大利歌手演出其中一些歌劇。有時，群眾爲他們喝采，當米蘭史卡拉歌劇院的明星奧托拉妮的歌迷拉著她的馬車穿過街道。在春天和秋天，莫里耶（Molière）、葛多尼（Goldoni）、桑貝里歐（Zambelios）、索特索斯（Soutsos）和其他希臘劇作家的作品紛紛上演，大獲成功，並且經常在雅典當時常見的文學與戲劇競賽中得獎。

我總能找些時間，來畫自己的作品，除非他的風不請自來，攪亂了畫布上的色彩與線條，把我一起拉進憂悒的深暗模糊裡。我兩個幼小的孩子，將我從它的陰鬱裡解放出來，彷彿他們正扶著一位瞎眼婦人過街。懷著孩童的謙遜稟賦，他們領悟到，觀看的最高藝術有時令我目盲，有時我的生命勇氣取決於子女的熱情。我擁抱並親吻他們，因爲他們再一次驗證了童年的奇蹟，儘管他們兩個差異甚大。我的愛奧尼斯，才剛會走路，藉著觀看我來學習，他喜歡線條與色彩的孤獨航行，勝過街頭男孩的滾鐵環、躲迷藏與丟石頭。我觀察他、獎賞他、鼓勵他發展那明顯可見的天分，儘管我擔心，不知道這艘遺傳的船會把他帶向何方。至於蘇菲亞，她喜歡打扮布娃娃，它們有著陶瓷作的臉孔和手掌，穿著老舊而華麗的衣裳，她也喜歡爲它們裁新衣，把砂糖和水混合，給她的朋友和親戚喝，當外婆忙著做家事時她喜歡跟著外婆四處走，或是跟著外婆去訪友，或是出去買東西，有時她跟那隻貓和牠的小貓玩耍，一玩就是好幾小時。我女兒不畫畫。我必須承認，這讓我如釋重負。

我一抵達雅典，就聽說賽柯利的女兒去世的消息，他也不見了。他們說，他女兒的死亡驅趕他，讓他離開這片土地，因爲這裡的氣候、人們的友善和諸神的消逝，全都無法拯救一個小女孩的性命。沒有人知道這位老師的下落，他曾教導我，內在與外來的世界是如何的相互連結，永不止息；他失蹤了，如此他似乎就不必面對這裂縫，這內在與外在的世界裡的裂縫，都因爲他女兒的缺席而打開了。有些人說，這個在他自己的國家裡不受歡迎的人，在巴黎尋求庇護；也有人聽說他在倫敦；還有人堅持他們只能確定：他的畫在未經授權的情況下出售。然而大家一致認爲，由於失去女兒，這位老師永遠失去了清醒的頭腦。否則他怎能就這麼不見蹤影，沒有留下一點線索，離開了用各種方式支持他的人們？若不是因爲他在「藝術學院」免費教了許多年，就是因爲——儘管他是外國人——他曾在這個國家的革命中拿起武器，或是因爲他畫得這麼好，而畫裡唯一遺漏的就是畫中人口裡發出的哭喊——如果一個人久久注視這些描繪出來的嘴唇，他會聽到這些奇蹟般的肖像說出的審愼話語——也有可能是因爲，他是在創建第一個「希臘藝術協會」的事務上，扮演最主要的角色。

我找不到他，我迷失了，當他待在這麼多不同版本的迷宮裡。只有一次，在一片無法辨識的風景裡，我看到兩個畫家，兩個並肩而行的黑點，四周圍繞著石筍般的白光。一定是塞佛瑞歐和賽柯利，儘管我看不清他們的臉，他們交談著，走向地平線一個模糊的點。我想到，這兩位畫家的面容必定愈來愈酷似彼此，增強了他們生命中原有的相似之處，最重要的是，他們兩個在我的生命中，令人痛苦的缺席了。這兩位藝術家越來越小，走進變幻的黑點與白點裡，他們沒有轉身看我，我覺得，我似乎不再確定，我的理智正往何處去。我想起來了，我嘆了氣，許了願，當他們走開了，越來越遙遠，我盼望，在他們身邊的鄉野裡，某種無關緊要、迂迴間接的原因，會把他們帶回來，帶回我身邊。

爲數甚眾的畫家與親人接納了我，但我並未因此而更有自信。我經常發現我的心隨著古老的標準運作，在我這個時代的觀念裡，再一次陷入困境。我不知道，我是否太妄自尊大了，因爲，在向來由男人宰制的主流美學規範裡，我是這樣軟弱無力的女人。不是因爲我膽敢穿上男人的衣服，儘管強烈渴望擁有「無名氏」的特權，而是因爲，由於我用任何一個平凡的艾蓮妮會用的方式去愛，我失去了這些特權。這個錯誤帶來了後果。我再也不能融入，如同人們所說的，女性的卑屈依然擁有的歡愉與保障，至少不能在沒有徹底覺察的情況下融入。因此，我需要一個丈夫如太陽與月亮般耀眼光芒。在雅典，我沒有丈夫，只有這陣風的姓氏，曾有片刻，這陣風減弱了，在教堂裡，停在我身邊，而後又逃出了這件聖事⑩的狹窄牢籠。不久我就發現，單單有了丈夫的姓名是不夠的。只有極少數的女人，通常是地位卑下、遭到鄙視的女人，才會過著沒有一個活生生的丈夫的生活，在這個仍然年輕的首都裡，這個丈夫總會出現在諸多蜚短流長中，至少在某段閒話裡，爲人們所知曉。因此我的姓氏，亞塔穆拉，屬於一個不曾有人見過的男人，反而更像一個死人，而不像活人。我沒有穿黑衣，也沒有爲這加諸在我身上、不存在的喪夫之痛而辯解。無論如何，現在做爲一個天主教徒，我既能拒絕結束一段不存在的婚姻，也能拒絕再婚。然而，我要撫養兩個小孩，儘管他們是大多數人認爲無形無體的那陣風所播下的種子，加上我緊密的大家庭擁有的良好名聲，這兩件事大大地拯救了我。

我不時聽到關於塞佛瑞歐的消息，從義大利的報紙，從去到當地跟藝術家同儕交談

⑩聖事：sacrament，又稱聖禮，天主教名詞，指耶穌親自建立的有形可見的宗教儀式，以將天主的聖寵經由教會施予領受的人。天主教和東正教有七件聖事：聖洗、堅振、告解、聖體、聖秩、病人傅油與婚姻。其他信仰基督的教派只承認聖洗、堅信（堅振）與聖體等少數幾項。

的畫家口裡。他回到那不勒斯之後，歸鄉與勝利的珍貴獎賞落在他身上，跟隨在解放者與贏得勝利的指揮官賈瑞巴迪⓫之後。我聽說了各種各樣的事情。零落、鬆散的事，最可能被誇大的事情：他也畫了一張肖像，描繪「兩個世界的英雄」；或是他在那不勒斯創立「藝術畫廊」和「國立博物館」，還有他得到社會大眾的讚譽，被視爲一位卓絕的畫家；他四處旅行，參加佈道團，前往歐洲各地——甚至遠及住在希臘、身爲亞凡尼提斯人的艾蓮妮和他兩個孩子的西邊。第三個孩子，最小的一個，他帶在身邊。我不了解他。他一定是他父親勝利的王冠，在父親著名的得獎畫作「馬利歐斯，辛布里人的征服者」⓬裡，他被畫在一個角落，根據某些聽說過這件作品的人的說法，塞佛瑞歐・亞塔穆拉把以前的主題與他的新技巧融合爲一。然而，我對我的兩個孩子談到他們父親的生

⓫賈瑞巴迪：Garibaldi，十九世紀領導希臘獨立與統一的革命英雄。

⓬Marius, Conqueror of the Cimbri，辛布里人（Cimbri）爲古日耳曼民族。日耳曼人亦屬古北歐人（或稱古挪威人，即 Old Norse）。兩者同文同種，古日耳曼人從公元前兩百年左右開始南遷，主要民族爲辛布里人和條頓人（Teuton）。

活，讓他們相信，有一天另一個奇蹟會認可他們的存在的神祕奇蹟，爲一位謠傳的始祖賦予血肉，他會前來擁抱他們，把幼小的亞歷山卓斯帶來，作爲禮物。直到他們長大成人，再也不相信奇蹟與童話故事。

我回到雅典幾年後，我父親出發了，展開他最後一次的航行。那是三月的事，同年的一月，奧圖爲了慶祝執政二十五年，在波克拉斯劇院舉行一場盛大的舞會。除了這對沒有子嗣的皇室夫妻，從一開始，他們就是波克拉斯劇院的贊助者與經常出現的觀眾，除了他們，還有來自這片土地各處的貴族，他們擠滿了這棟建築，奧圖的弟弟與已經宣告的繼任者，也就是亞達伯特王子，還有李察·梅特尼克王子，知名外交家與神聖同盟⓭

⓭神聖同盟：Holy Alliance，一八一五年俄國、奧地利和普魯士三國在巴黎簽署《神聖同盟宣言》，根據基督教教義宣佈，三國屬於上帝統治的同一家庭的三個分支，應以手足之情相互救援，歐洲各國稍後加入。該組織在一八二〇年代鎮壓義大利與西班牙革命，一八二二年後，因歐洲革命蓬勃發展而名存實亡。

的領導人，在一項野心勃勃、卻很艱難的冬季旅程後，也來到慶祝活動的現場。

我父親向我施壓，要我離開。一進入這艘陸地上的船裡，我就瞭解到更深的理由，這艘船燈火通明，點綴著希臘的旗幟與棕櫚枝。幾乎所有到場的人都戴著面具，不得不跳舞，等待著某一件事的發生，好讓他們從過多的彬彬有禮的姿態中得到釋放，好讓這隻堅穩的手再次緊握住這把赤裸裸的長劍。身爲畫家，我習於研究物質的煉金術，色彩的魔法，以及儘可能的研究人類的靈魂；我藉此領悟到，二十五週年銀色慶典圓滿成功的王冠，隱藏著死亡。這些國王與他們雄心萬丈的繼任者，不會歡度五十週年金慶。那天晚上他們也在慶祝他們的終結，就我個人來說，這件事不會擾亂我。我更關心這項未定的慶祝活動，是在屬於我父親的建築裡舉行。

我在人群中尋找他，我看到他在歡迎賓客，跟人握手，說幾個字，從一個團體移到另一個團體，彷彿想看到所有的朋友和泛泛之交，跟他們道別。他轉過身來，看到了我，他走過來，帶我起舞；這是我歸鄉後的第一支舞。一個輕輕的笑，張大的眼，在這艘停泊於陸地的船上，我們讓華爾滋的儀式包圍我們，我們同時想到了喀戎。好久以前在遼闊的海上，被雅尼斯船長擊敗，在昨日的撫觸停留在手上，在第二天破曉前，午夜靜止的氣息裡。雅尼斯船長垂下眼光，科孚島居民的民族舞蹈，他偏愛海浪、海鹽和三叉戟。然而並非所有的生命扉頁都會按照我們希望的方式翻閱，尤其是最後幾頁。當我們面對面，爲了一個舞蹈動作站在那裡，我發現父親穿的不再是晚宴套裝，而是婚禮上穿的傳統服裝。在那頂無邊小帽之下，他的頭髮閃著銀光。我想，我希望能用這種方式記住他，想起他，當每一件事物都調整好了。他凝視我，就像那時，在前往羅馬之際，他吩咐我不可忘記自己是希臘人。然後，這樣我就不會忘記他，他用更悲傷的口吻加上這一句。

三月的時候，他穿著同一套傳統服裝，在他的無邊軟帽底下，他有著同樣的銀髮。有一天他突然離開了，跟他以前乘著「海馬號」回島上來一樣，他突然走進這棟房子，走進妻子與孩子的懷抱，開始慶祝，他身後的水手們揹著箱子和貨物。在他消失，沉入蔚藍的海水之前，我拿起我的巫術裝備，做成他的死亡面具⓮。他的臉在石膏裡重生，將陪伴我走完一生。英俊、平靜，由於不久前那勇敢卻中魔般女兒的傷口而痛苦，當她

⓮死亡面具：death mask，在人死後不久，根據死者臉型輪廓，用石膏模或臘模打造的死者面具，除了沒有頭髮外，跟眞人一模一樣。

與愛情的海洋搏鬥，這裡無法吸引男人，讓他們在此進行他們最重要的戰鬥，也無法吸引女人，讓她們在任何一種天候下橫越海洋。他的外孫，有著同樣的名字，愛奧尼斯，聽外公說過無數次，戰艦在革命中如何的獲勝，在長成以後，他必須延續他母親，並替她復仇。

我無法成就更多的東西，只能讓他的面容永垂不朽。

12

面對我，在這幅名叫「天使和女孩」的畫裡，一扇小小的銀色翅膀噗噗拍動。二十五年後，這段時間我一直在這裡爲她徹夜禱告，塞佛瑞歐在離開前，俯下身子，親吻我們的女兒。

蘇菲亞，你露出了笑容。你終於見到父親了，你曾懷疑他是否存在。對於每一種冀望實現的期待來說，生命都太短促。然而時間不會鎖上所有的門。他的風來了，儘管來得這麼遲，進來這裡並親吻你，一個二十二歲的女孩——難道你現在不還是二十二歲嗎，蘇菲亞？你父親雖是個優秀的畫家，但他幾乎認不出你，之前他最後一次看到你時，你仍是嬰孩。而且優秀的畫家知道，如何把他們想要遺忘的東西更深刻地抹去。這是他的風第一次進入這裏——所以，我帶你到這裡來是對的，這病一開始折磨你，就把你帶到島上的這棟房子裡。海洋的氣息更爲潔淨，血統的連結更爲澄澈，兩種基督信仰的允諾更爲明晰。然而再一次，我變得更天眞，試著用符咒和靈丹來打破你和你的天使的婚約。

然而，賽柯利及時警告我。諸傳的模糊不明像夢境般發出警訊。諺言說，當他女兒的生命走向終點，這位老師帶著他病重的女兒，兩人在波羅斯島的一所修道院一起避難。每一天，這兩位懇求者凝視在地平線上環形的藍色海洋，更靠近他們的是一圈碧綠的檸檬樹，在他們身邊的是這股神奇泉水的圓形核心。然而死亡也藉著一只致命的指環，跟他女兒訂了親。其他一切無濟於事。他女兒埋在修道院的天井裡，還有其他疲憊的靈魂在此休憩。這位老師在修道院再待了一段時間，好讓所有的習俗在指定的時間內完成。然後，當瘋狂緊緊攫住他，這位老師想到，他該如何還報這些僧侶的照顧與禱告。他畫了一張大幅的作品，在畫中，他女兒是聖母，生命的源泉，他把畫送給修道院裡的教堂。這幅傳說中有奇蹟力量的畫作，掛在聖堂右邊的牆壁上。每一個白天和夜晚，點燃的蠟燭向聖母瑪利亞披露罪人的迷宮，她偶爾會出手干預，爲他們準備這條線的終點。但是她無法干預、無法拯救這個把她塑造成一座肖像和一幅畫作的人。而賽柯利，我的老師，在他顛狂的迷宮裡消失了，或許爲了他是個繪畫的巫師而受到懲罰。

許多年來，我一直想看我老師的最後一幅畫，但是我害怕，唯恐它成爲我的另一面鏡子。當你的時候終於到了，蘇菲亞，我描繪在天使臂彎中的你。眼淚有什麼用？我把所有人趕開；每一個流淚的人，最後都會復原。我把自己關起來，跟你在一起，在你留在人間的最後一夜。愛情。你跟你那俊朗的情人交換的眼神和笑容。屬於你們的不朽青春。我命令他張開他微微收起的翅膀，來迎接你，然而要再帶你回來。是我畫了他，是我命令他。直到今天，我仍沒有任何抱怨，因爲他愛你，因爲他服從我的命令。

拉絲卡瑞娜每次爲那幅畫拂去灰塵時，都會像禱告般用手畫出十字。當她覺得我沒注意時，就在它面前跪下。第一次看到它的時候，她做出同樣的動作，那天早晨她打開門，要看看我一整夜關在房裡，到底在製作什麼樣的符咒。我對她說，我再也不會走出這棟房子，再也不會踏上雅典的土地。在這個時刻，她並不相信我。她只是點點頭，讓門開著，拖著她那條瘸腿走出去。

然而我是認眞的。那天晚上，我沉入這幅畫的悲傷，我生命中一個隱密的部分，從這柔軟的外殼裡被拖曳出來。在這個殼裡，我藏匿了如許之多的藉口。它變成了一把刀，筆直地刺進我的心。但我對女兒隻字不提，免得她母親的罪加重了她的負擔，在她乘著「海馬號」展開處女航的時刻。純潔無瑕如她，將無法原諒我。我藉著畫給她美麗的天使，像安慰小女孩般安慰她，來平復我自己。

我想，那天晚上，至今仍細微到幾乎無法察覺，我開始領悟到外界知識的不足，我曾把這個東西視爲無價之寶。許多年來，我是專業畫家，或許直到那個時刻，我才領悟到某種非常簡單的道理，那就是每一個起點都需要一個類似的終點，以便完成它的循環。否則事情就會無法契合自身的形貌，只能維持在懸而未決、無法觸及、無法解釋、飽受脅迫的狀態。我用這種方式來解釋那天夜裡無法解釋的事，因爲命運在結束它的循環時，會對任何一個試圖逃脱它預定循環的女人採取報復行動。要逃向她本性的自由，投向一個男人的自由，投向學習的自由——親愛的蘇菲亞，由於這是個妥當的時刻，讓我知道那些我允許自己説出來的所有事情，抱持什麼樣的看法。還有，請試著原諒我的罪，你不了解的罪，可能就是因爲這個，你的循環到了盡頭，我也受到了懲罰。

神的律法⓯、盲目的迷信、荒唐的無稽之談——然而我女兒的血已汩汩地流到門口，尋求最軟弱的人的鮮血。我曾跨越的門口。在這個島上，我們家房子的門口。這個門口，拉絲卡瑞娜和這隻貓每天跨越，漠然且無所知覺，諸神紛紛射來的箭，完全無法傷害他們。

⓯神的律法（divine law）：據基督教神學，從上帝啓示而來的永恆法則，稱爲神的律法，人類既是一種理性的受造物，便應按照上帝的律法生活。

13

我決定在距離雅典很遠的地方，服一個女人的悲慟的刑期。就是在島上，我和蘇菲亞被隔開了。在這棟老舊的倉庫，我小時候，以及我回到雅典之後，我們會到這裡來避暑。我永遠都可以把我的手插進一堆紅胭脂的回憶裡，就在廚房旁邊，觸摸到死者。我可以住在一樓，跟仍然年輕的雙親一起，我的妹妹們還是孩童，亞納塔西斯還是嬰兒，就這麼把自己交給過往聲響的拍打浪濤。連「海馬號」也會停泊在屋外，卸下許多要給船長大女兒的禮物。

我需要它。此外，我不再擁有來自嫁妝的資金，人們估計我會很窮，即使雅尼斯船長給我留下一小筆錢。爲了遵守他遺囑裡的命令，亞納塔西斯爲我買了一小塊地。一塊土地，建在伊利索斯河流域的山坡上，在這座古老廟宇的石柱的上方。山坡上有座風車磨坊，很多年沒有使用了。這項投資不會帶給我任何收入，但是我也不能動用這筆小錢，如同用盡我的嫁妝。在遺囑裡，我父親還規定，我唯一的弟弟每個月要給我一筆小額的金錢，從劇院收入裡支用——身爲唯一的男丁，他繼承了這座劇院，還有其他的不動產——或是他逐漸涉入的其他更賺錢的生意裡取出。看來船長並不相信，我能靠著當專職畫家來養活自己。他看到了，花在我學畫上的資金無法回收，我缺乏再婚的自由，還有我對金錢的漠不關心，這些事讓他領悟到，還有更糟的事情在前面等著我。至於我們祖先在斯派采島的卡斯特利留下的這棟房子，在其他人的手中，有一段時間了，它已處於崩毀狀態。這就是我們爲何在這棟建來當倉庫用的濱海的房屋，度過暑期的幾個月時間。它沒有任何豪華之處，但是所有的基本設施都有，對我來說，想在這裡度過餘生，已經綽綽有餘。

對我來說，有了這座海水的戶外劇院，就已經足夠了。多年來，我一直在那座濱海的房屋裡觀看它。某些夏天的晚上，我坐在陽台上，把自己交給船隻的閒散和海鷗的翱翔。還有許多時光，當太陽的光芒在一條海上的通道合爲一體，多年來這幅景象在愛奧尼斯的夢中閃爍發光。小的時候，他經常對我說，長大以後，他要沿著這條通道往前走，去看外公躲藏在何處。

這就是他的家庭背景，即使是透過繪畫，海洋的呼喚對他來說，是受到期待的，也是神聖的。我看著他長大，擔心著：能找到什麼嶄新的方法，能夠在這個年輕的男孩心裡，讓這些爭論與友誼得到和解，不僅是他祖先的爭論與友誼，還有這些從我們遙遠失落的起點開始伴隨著塞佛瑞歐和我的黝暗。時間向我證明了我的兒子與他的源頭和解了，成為一個成熟的男人，他離開這裡，前去哥本哈根的學院，跟著知名的海景畫家索瑞森（Sorensen）繼續學畫時，他到斯派采的這棟房子裡來跟我道別。這似乎是頭一回他以男人和畫家的雙重身分站在我面前——我愛著、卻離開了我的第三個人。那年夏天剩下的時間，我每天看著他越走越遠，沿著這條發光的海上通道，帶著一個巨大的畫板、調色盤和畫筆作為裝備。也許由於太陽的強光使他眼不能見，由於我的寂寞懇求他給予的慈悲而顫抖，或者只是一個在適當時機離家的兒子，他一次也沒有回頭看看。

不管愛奧尼斯再過幾年就要離開我；不管我同意了他在「美術學院」的老師萊特拉斯的意見——這個優秀、才華橫溢的學生，兩位畫家的兒子，應該在歐洲繼續他的學業；

不管他得到了，儘管是不夠的，喬治國王給予的獎學金，到丹麥首都去進修，我還是不想讓他在我失去蘇菲亞的同一年夏天離開，儘管準備動身的事宜早就開始進行。另一方面來說，我無法不讓我兒子爲了追求知識展開常見的漫遊，就連我那儘管聰穎卻沒有學問的父親，在我的少女時代，也沒有不讓我這麼做。有一天，這位船長從這條通道上走來，太陽照亮了海面，他察覺到我心情煩亂，並對我說，生命中沒有任何東西，可以做爲阻礙自由與知識的正當理由，連死亡也不能。我皺起眉頭。他問，如果我不認同這個信念，我如何能認定自己是希臘人，是在我崇敬的亞凡尼提斯的根上新生的樹木？往後的日子裡，我在心中思索他的話，我不知道，直到那個時刻，有多少希臘人在我裡面出生了又死去了，還有多少個艾蓮妮將會成爲我的命運，在這個比羅盤指針更敏感的時代，命運既是獵人，也是獵物。我不能總是用海上鬥士的方式思考，或是用失去的青春所預設的天眞無知來思考。我愛這個兒子，他離開了，展開常見的航行，追求男子氣概與知識，如此而已。我不喜歡這件事發生的時間。或許我的感受超過了正常的界線，但是對我兒子愛奧尼斯來說，我既是母親、父親，也是傳播神祕教義的人。

愛奧尼斯離開前，我要他把我的畫和書，那些我認爲非常重要，或是爲了其他原因而難以割捨的東西，帶到斯派采的這棟房子裡來。其他的東西，我要他為我保管，放在這座古老磨坊的兩個房間裡，跟所有的家用品擺在一起。他也可以把他全部的作品放在那裡。許多年前，我曾是前任磨坊主人女兒的教母，為她取名為瑪利雅。我會給他們一份正規的文件，以確保我們的東西安全無虞。在為了必須的哀悼而禁錮自己的歲月過完之前，我不會在雅典保留任何住所——大約是愛奧尼斯在丹麥學習的那些年，他從我弟弟亞納塔西斯那裡接受我每月收入的一部分，以補貼他的獎學金。愛奧尼斯按照我的要求做了，他來到這裡跟我道別，在夏季開始時離開，到新的城鎮找房子，在課程開始前，讓自己習慣那個地方。

同一個夏天，我母親瑪麗亞，還有妮娜，我弟弟珍愛的四歲女兒，來這裡陪我，跟我住一段時間。由於家庭中通常會形成各種角色，某些女性不作抗議便接受了，這位祖母成為孫女的母親。因為，就在四年前，在這棟濱海的房屋裡，這孩子的母親因難產去世。祖母養育這喪母的孩子，我弟弟為她取名為「安娜」，因為這位不幸的母親就叫「安妮塔」，她是羅多卡納基斯家族在里佛納的著名支系。我們叫這個女孩「妮娜」，好讓她記住她母親，卻也能免於同樣的命運。四年後，亞納塔西斯仍然為了年輕的妻子悲痛，僅僅在看到這個小天使的純眞滑稽的動作時，才露出笑容。或許時候還早，但是他拒絕了船長夫人瑪麗亞每一項再婚的提議。事實證明，他經過規劃、財產豐饒、壯麗輝煌的婚姻，並不比我不起眼的婚姻更幸運。儘管亞納塔西斯是佛羅倫斯那項儀式上我唯一的親屬和見證人，如今它如此遙遠，彷彿從不曾發生過，他仍然沒有看到應該看到的東西。如果，他再看到，他一定還是會錯誤的以爲他的性別和務實想法，將會讓他得到豁免。

14

她為我煮了蔬菜和煎魚，儘管她知道所有煎炸的東西都會讓我的腸胃不舒服。那天早晨，她在市場只找到了這些，拉絲卡瑞娜答道。這塊煎魚的絕大部分，被這隻不眠的貓迅速地吞下肚裡。

沉重的身軀讓我行動緩慢。貓也慢慢走，跟著我上床。我沉入正午的睡眠，這時，我看到他在凝視我，看著我動也不動，蜷伏在床罩上。這陣風落下。塞佛瑞歐啓程了，前往他自己的內陸地區。我在墜落，不停的墜落，落到一條河流乾涸的河床，直到我碰到底部。我再也不能升起。由於我的身量、年齡、我的罪、這條煎魚、這隻貓的質問。在上方，沒有人幫助我。一隻鳥在拍動翅膀，你的臉頰靠著我的，我醒來，愛奧尼斯，但是一個人也沒有。我從床上起來，或許我會看到你在外面。但是外面也沒有人，只有天空和海洋。我親愛的兒子，從沒有一瞬，你不是在它們的薄紗裡包住我，保護我，有時把你的畫筆浸入奧瑞斯特⑯紫紅色的阿格利斯⑰，有時浸入艾爾斯諾⑱灰白的金色海水。因爲你去了，如同前往哈姆雷特墳墓的朝聖者，在你抵達艾爾斯諾之後，你立刻畫下它的港口，你是這麼告訴我的，在多年前你從丹麥寄來的許多信箋中的一封信裡。

在那裡，你看，水紋在陶碗裡漾起漣漪！在聽到你名字的時刻，對你表示歡迎，水的畫家，這水無法平息熱望。愛奧尼斯，這名字傳給了一個男人，把他的連結傳給他，

⑯奧瑞斯特：Oreste，希臘神話阿伽米儂的兒子，同比拉德（Pylade）結爲生死之交，兩人的友誼傳爲千古美談。三個複仇女神（les Furies）專司懲罰人類的罪行。奧列斯特爲報父仇殺死母親，被復仇女神追逐，受到比拉德的救助和保護。

⑰阿格利斯：Argolis，阿格利斯市位於伯羅奔尼撒北部，爲希臘神話中最重要的地區，很多神話和英雄故事在此發生。

⑱艾爾斯諾：Elsinore，是位於赫爾辛格（Helsingor）的克倫堡宮（Kronborg），英國文豪莎士比亞的名劇《哈姆雷特》的主角哈姆雷特在此出生。

要他去保護、去復仇。我把海洋的武器交給你，它們是從我的船長和父親那裡得來。此外，萬一這位來自丹麥的希臘國王支持他北方故鄉的藝術，會發生什麼事？那裡距離歐洲繪畫的偉大核心，是如此的遙遠。萬一索瑞森，這位細膩敏銳的藝術家，在那裡教導繪畫，會發生什麼事？這些事同時發生。我知道，我知道你決定前往北方，最重要的原因是，要爲你的母親報仇，爲了她在愛情裡經歷的痛苦。然而，這也是你自己的復仇，報復一個仍然没有見到的父親。這就是我爲什麼會說，藉著到丹麥去學習描繪海景，你拒絕了塞佛瑞歐的内陸經驗、你的姓氏的故鄉，以及你的男性根源的半世紀歷史。你拒絕了這種藝術和你父親的權威，你拒絕了他贖罪的機會，不讓他幫助你，他的頭一個兒子。而我悄悄地歡欣鼓舞，因爲我知道，亞凡奈特人的這血海深仇會永遠地隱藏在你潔白的雲朵裡，這些雲朵會揚帆啓航，穿越一位公義的神的藍天。我知道，亞凡奈特人的這血海深仇也會隱藏在你的船的木質内裡，受到海水的掌心支撐。自信、一切就緒、而無笑容；一個眞正的復仇者。你就是這麼離開希臘的。還是，也許在當時，你已經解開了你出生的謎題？

我擔心你解開這個謎了，當我聽說你的作品「哥本哈根港」，爲了奥運的展覽，從哥本哈根運到雅典，這幅畫得了銀獎。銀色是死亡的婚約。它跟你有什麼相關？你應該避開它，不要在你的作品裡使用它。這就是我，研究過巫術的人，給你的忠告。但是我完全不知道你是否留心傾聽我的話，因爲你在遠方，我也不再看到你的畫。然而，爲了在心中塑造出它們的形貌，因而得到安慰，我必須從你寫來的文字裡推究出它們。在你的文字裡，加上你其他的日常生活裡的憂慮，你向我說明，在這兩片遼闊的藍色區域之間，這隻眼，如同一隻鳥，必須休憩在一片細長的土地上，或是棲止在一條小船的桅杆上。你向我說明，如浪翻騰的帆必須讓船身輕輕升起，如同塵世的罪尋求彌補。你向我說明，波濤總是藉著各種三角平衡，挾著傾斜、佈滿泡沫的波脊的暴風雨，吸引寧靜前來，就像十二歲的女孩在鏡子前面。他更向我說明，海洋的這種說法有著未知的前景，就像暴風雨當下的狂怒，就像漁船在岸邊等候，就像遭到圍攻的船隻逃出戰爭的煙霧。你還說，今天那幅畫從我的時代的學術性模仿的智慧中被拿掉了，取而代之的是情感的顫動與速度。你對我說，你就是用這種方式開始畫畫。我讀著，了解到這個兒子如今已成爲一個男人，必須跟他母親不一樣。對此我深感自豪。

但我還是要斥責你，愛奧尼斯。我以爲你會繼續復仇。由於你對我隱瞞了在你進修三年完成學業從丹麥返回希臘的途中，在那不勒斯逗留，跟你父親見面。你從未對我說過，在信上也隻字不提，許多年來，至少在你遠離我的那段時間裡，你把白天的光亮和你的惡夢調和起來。所以你在報復你父親的同時，也愛著他？

二十多年過去了，在我要求這波濤把這本書帶給我之前，你父親，法蘭西斯柯·塞佛瑞歐·亞塔穆拉，在這本書裡談到他的生活與藝術——如果你也收到這本書，愛奧尼斯，藉著你畫出的波浪，請記住，我們擁有多少本書，對我們說出的眞相就有多少種。而這陣莽撞的西風必須爲我翻閱書頁，好讓我穿越它。我命令它，在這裡停下。在這裡，我可以看到我的兒子，愛奧尼斯·亞塔穆拉。我讀到，他們叫塞佛瑞歐緊急前往一個朋友的住所。他立刻去了。在那裡，他看到許多人。他的眼光先是落在一位希臘正教神父的黑色輪廓上，然後，他去找這裡的主人。甚至還沒有跟他道別，「另一個亞歷山卓斯」就走過來，擁抱他。這位「另一個亞歷山卓斯」就是你。他的「喬凡尼」在那不勒斯逗留了幾天，跟他在一起。我曾非常了解你父親，我發誓，他停留在嬰兒期的兒子突然出現面前，長成大人，而且是個畫家，他一定嚇壞了，因此他絕不會叫你「喬凡尼·瑪麗亞・克里西尼」，那是你最初的全名。我當然不會不給他這個禮物，那就是見到你所帶來的一種深刻的情感。但是在同一時間，我也無法寬恕他，讓他可以不接受舊有的恐懼，那就是希臘人結出的果實的禮物，儘管你並不是在母親要你去見他的情況下過去，而是從一片北方和中立的土地上歸返。塞佛瑞歐很聰明，看到你從丹麥隨身帶回來的畫作以後，他必定當下就明白，你在進行一個兒子的復仇，在你天生的血統之外，透過另一種血統，讓你在一種牢不可破的親屬連結裡與這血統合一。我的意思是，透過繪畫。他永遠是個傑出的畫家，塞佛瑞歐會直接看到你隱藏的傷口，因爲這個原因，你也成爲一個傑出的畫家，儘管如此年輕，比你弟弟，塞佛瑞歐親自教導的亞歷山卓斯還要好，如果你到了塞佛瑞歐的年紀或許你比他還要好。除了你的稟賦與獻身精神，我相信，這是因爲你掙扎於愛和復仇之間，在柔情與義務之間。尤其是一旦你透過繪畫，用勇敢與寂寞報了這血海深仇，一旦你創造出你自己的藝術世界，你就能擁抱這血肉，幾十年前，它們播下種，將你撒在土裡，然後拋棄了你。愛奧尼斯，現在你可以讓你自己跟你的生命合好了。有人或許會説，這是藝術的最偉大的禮物，但是很少有人能夠得到。我沒有資格擁有它，或許這是我不再畫畫的理由之一。你比我幸運，對此我感到滿足。

塞佛瑞歐也明白，你的復仇不會超出你的畫幅之外。他會感到如釋重負，不再爲了這血海深仇而深深恐懼。對他來說，你不再是一種危險，就像從很久以前開始，他便不再擾亂你的夜晚。然而，關於這一切，他在自傳中寫到的唯一一件事，就是他發現你的畫非常傑出，它們顯示出一種對於藝術的深刻了解。然後他說，你再度登上前往「東方」的船，在那裡，義務呼喚你——他用這種方式提到你的心——要你再一次去看你母親，還有，要你在雅典展示你研習三年的成果，那是你初次見到他，比你稍微小一點的弟弟亞歷山卓斯，堅持要你跟他一起去巴黎，在那裡以藝術家的身分住下來。你拒絕了他的提議。塞佛瑞歐還記錄了你經常咳嗽——在這一點，我相信他，當我含著淚讀下去，我也聽到你在咳嗽，聽到你答應不久就會回那不勒斯。你們兩個都明白，你可能無法實現這項允諾，你這麼說只是爲了安慰他，當你的身體已經日益衰弱。

所以，你去見了你的另一半血緣。自己去看，去告訴它，你已進行了象徵性的復仇，然後——不要否認，愛奧尼斯——跟它說再見。你父親的身體比你年長，但是你察覺到，他的身體將會成爲你的延續，進而逆轉事情的順序。我猜想，這是爲什麼當你認出他是你父親，你就把自己鎖在他的擁抱裡，因而把你的血脈與延續給了他。塞佛瑞歐的眼神、聲音、觸摸——哦，我是多麼了解渴望它們的需求。或者，在屈服於其他感受的溫柔之後，你到那邊去了？因爲我知道愛的力量有多大，如果它想要改變一個生命的路程。你在丹麥的三年裡，或許曾經進入過愛的知識範疇？它與追求知識是無法分割的。讓你自己平靜下來，我不會再擾亂你了。但是如果你想要，就用我留在餐桌上的白紙，還有一枝新的筆和墨水，寫下你的答覆，以免我摯愛的人們憐憫我，在回顧默想中答覆這些問題。以免他們答應寫下一個字，顫抖的一行。愛奧尼斯，我很想再問你一件事，它在許多方面都折磨著我。在那不勒斯，你們有沒有談到，我希望是柔和地談到，過往之前的過往，曾經是我的那個艾蓮妮？

我的兒子，聽我說。不管是透過模仿的智慧，還是透過情感的顫震與迅疾，你都能領悟到，儘管如此年少，在生命與死亡之間，心靈宛如一隻鳥，必須休憩於片刻的寬恕。你領悟到，生命與死亡必須除去我們靈魂的重量，張揚白帆，航向無垠的空白扉頁。在那裡，暴風雨趨於寧靜，在那裡，每一趟未來的航行都清晰可見，在那裡，這個名字的過去被宣告無罪。這就是爲什麼，你不停地畫，畫得這麼好。就這麼繼續畫下去，不管你在哪裡。我要你做到這件事，我感到自豪，因爲在過往之前的過往，我曾經存在。

15

愛奧尼斯在夏季之初前往丹麥。次年夏天開始的時候，亞歷山卓斯，我另一個兒子，到斯派采島上的這棟房子探望我。我沒有邀請他。是他自己來到。我弟弟亞納塔西斯居中協調。我立刻接受了，但我也因爲震驚而不明白，當他還是嬰兒，跟我在一起的時候，發生了什麼事。是他父親塞佛瑞歐跟珍・海恩一起離開時突然攫走了他，從我生命中掠奪去的戰利品，還是當我走上歸返的道路，我把他留給塞佛瑞歐，當作一個禮物，也當作一種報復。儘管我可以一再數算，在我拋棄我們那棟空蕩蕩的房子時，留下的那朵玫瑰有多少花瓣，多少根刺，我不確定是我把我最小的孩子留給塞佛瑞歐，讓孩子跟保姆在一起，還是塞佛瑞歐帶著他走了。我不再沈溺於這個執念，也許它不過是一段混亂的回憶，因爲事件結構裡的樑木若能移動而不會傾毀，它的眞相就會有更豐富的意涵。總之，我這齣家庭劇曾經打下它的地基。那年夏天，下一幕將在那棟寂寞的海濱房屋裡開啓。但是，爲了不要讓它用一條危險的繩索捆住我，爲了讓我不被懸吊於一棟燒毀宮殿的横樑，我答應自己不去尋求，不去聽，也不去看我們第三個孩子臉上的塞佛瑞歐，如今他已長大成人。

亞納塔西斯通知我，亞歷山卓斯到了雅典，由於天氣太熱，他跟他們在一起，住在我妹妹艾西米娜位於基菲西亞的避暑房屋裡。過一陣子，他會搭船到斯派采來看我。他會託他把我的每月津貼，加上我要看的報紙和文學雜誌帶過來。此外，我的家人會幫助這個二十歲的男孩，作好面對他未曾謀面的母親的準備，告訴他，我剛滿五十，已不再年輕。我也不再像以前那樣，被視爲富有的人。我全身穿著黑衣服，我希臘式哀悼的唯一色彩，有好幾年，它迫使我不踏出我們這座大花園的四面牆壁一步，除了上附近的聖愛奧尼斯教堂，就在科諾皮斯塔這邊，或者到更高的山坡，遠及聖安娜教堂的墓園。我猜想，他們會生硬地回答，島上唯一的神父信仰希臘正教，當亞歷山卓斯持續地詢問，當他緊迫盯人地要他們揭露我年輕時代的極端作爲，他們必定會感到不悅。這些問題當然被困在一個年輕人同樣極端、卻也合情合理的焦慮心情裡，不久這年輕人就要跟他從未謀面的母親相會。他們不一定知道，但是我極可能不再畫畫，至少不再挾著過往的激情。或許我受到一個女人的悲慟習俗的禁錮，在任何情況下，不能與我的想像力隱藏起來的生命力，去調合色彩與形貌。

我知道亞歷山卓斯會搭哪一班船來到這個島嶼。我穿上衣服，打扮起來，我發現在哀痛中有一種深刻的賣弄。我聽到門口的門環傳來砰砰的聲音。在最後一刻，我推開拉絲卡瑞娜，她因爲跛腳而動作遲緩，我跑過去替他開門。還沒有仔細看清楚這個站在門口的年輕人，還不確定他是一個有血有肉的男人，或是一陣風，我就擁抱他，親吻他，歡迎他來到我家。我的兒子亞歷山卓斯長成大人了。當然，在他之中包含著他父親塞佛瑞歐。擁抱我的么兒時，這個站在我面前的男子，我發現自己在一個完全沒有防備的時刻，沉浸在這個酷似他的男人的愛裡面。我的腿不聽使喚，淚水也決堤了。

只要亞歷山卓斯留在斯派采，他大約待到九月初才離開，不管我曾對自己的承諾，當我面對我的兒子，看到他的舉止，我仍深深地感動著，我在其中尋找初戀人兒的碎片，彷彿在尋找一種生命的原型。彷彿是來自一個不存在，而像是神話裡的，艾蓮妮。而我有意識的把自己交給這具有魔力的面向，有時最卑微的生命也能得到這面向，藉著完成一個循環，藉著一個初見的人的來臨，藉著埋葬某個親愛的人。然而，許多年過去了，或許因爲這些冷酷無情的碎片一旦統整起來，把我拉向它們徹底失落、卻充滿全然激情的形貌，我仍能找到力量，把它們拋向遠方，讓它們如同粗糙原始的石塊沈落在我屋外的海洋裡。在我的船長父親和另一個有著同樣名字的兒子的海洋裡，這兩個雅尼斯承擔了保護我的責任。藉著亞歷山卓斯所說的、關於他父親的一切，我也承擔了同樣的東西，這是他第一次與父親分開。我不希望與塞佛瑞歐達成任何的和解。如果我，由於亞歷山卓斯所引起，在心靈上，斷斷續續的，溫和的回到他的懷抱裡卻是另一回事。他的背叛儘管只發生過一次，在我的想像裡，以一種戲劇般的強迫性方式不斷重複，這種回想讓我無法與我所謂的眞實生活和好，甚至無法與繪畫和好。我假裝聽不懂亞歷山卓斯的義大利語，當他缺乏策略、一再提起他父親；我不是換個話題，就是到別的房間去。直到亞歷山卓斯領悟到，身爲兒子，他在某個階段必須脫離他父親，至少我在場的時候必須如此。過了一陣子，他不再一直談論塞佛瑞歐，讓自己投入我們共同生活的這段小小的、延遲多年的時期，試著去領會他的思考方式所無法領會的東西：他的生母，他遇見的這個艾蓮妮。

他需要幫忙。我讓他看到了，在我的範疇界線之內，肉眼所能看到的一切，也許能讓他更了解我。例如，他外公雅尼斯船長的死亡面具告訴他，這些勝利的海上戰鬥，以及下沉的事業。對面的安戈里德地區的山脊告訴他，在宛如上了蠟的八月月亮照耀下，仍然有人見到奧瑞斯特在山巔散步，對著自己咆哮，當他待到那個時候，他也能看見他。他告訴我，他讀了有關阿德雷德人⑲的文章，他會仔細觀察，但他不相信有這種事。然後我帶他去到蘇菲亞長眠的地方。對於一個從未謀面的姐姐來說，他無法表現出超過預期的憂傷。相反的，他希望遠離圍繞在我們身邊的蠟燭、薰香和沙沙作響彷彿低聲唱著讚美詩的柏樹，他把自己交給這片景色，它讓我們看到那些長眠的人熱愛的東西；儘管睡著了，他們仍持續跟我們一起，看著這片景色：貴族像城堡般建了許多防禦工事的雄

⑲阿德雷德人：Atreids，傳說中住在邁錫尼（Mycenae），該地位與優比亞山（Euboea Mountain）較低山峰的一座小山的山頂，距離雅典約八十英哩。阿德雷德人約在西元前四千年定居於邁錫尼，邁錫尼文明於青銅時代後期（西元前一三五〇－一二〇〇年）達到顛峰。

偉屋宇；生意人和港務長的大房子，四周是碧綠的花園；貧民的房子爬上山坡，拋棄了裝飾房屋的多餘重擔；從四周山坡上垂下的松樹，進入在其他房子裡的孩童與老媼的談話；祖先的村落廢墟、河床；大大小小的教堂，入口處鋪著黑色與白色的鵝卵石，門口的走道向外延伸到某些主要的街道。但是，最重要的是，港邊的桅杆形成了它們自己的野心勃勃的森林。神聖的環形海洋在這個島嶼的四周擴展開來，在逐漸暗下來的日光裡，星羅棋布地點綴著來自異國的鑽石和本地血統的紅寶石。

過了一段時間，亞歷山卓斯開始在房子外面度過白天的時光，花很長的時間在山坡上或是沿著海灘散步。我們通常一起用餐。晚餐後，我要他談談世界的各種進展，還有繪畫。我提出問題，讓他說下去。他說起，在賈瑞巴迪之後，他的國家發生的許多事，我給他看三冊這位英雄的自傳，許多年前，我在雅典買下它們，之後一直帶在身邊。這讓他有機會問，不管出於興趣或出於年輕人的厭煩，他是否能看看我要愛奧尼斯帶到這棟房子來給我的書籍。所以，一天下午，我給他看了我最喜歡的作品：荷馬、希羅多德、尤里庇狄斯[20]、沙弗克力斯、帕薩尼阿斯[21]、維吉爾、馬可・奧勒留[22]、但丁、夏多布里昂[23]、黎塞留[24]、大仲馬、盧梭、伏爾泰[25]、歌德、《天方夜譚》、瓦薩里[26]、福斯可洛[27]、拉封登、科拉伊斯[28]、帕里奧洛格[29]，還有《聖經》和希臘譯本的《舊約聖經》。

除了這些書，我的王國還包括未經分類的豐富的專業知識，寫在練習簿和單張的白紙上，早在我跟賽柯利單獨上課的時候，就開始寫了：如何絞扭一塊白布，如何鍍金，如何繡

[20] 尤里庇狄斯：Euripides，古希臘三大悲劇劇作家之一，其他兩人爲沙弗克力斯（Sophocles）和伊思奇勒斯（Aeschylus）。

[21] 帕薩尼阿斯：Pausanias，古希臘地理學家。

[22] 馬可·奧勒留：Marcus Aurelius Antoninus，羅馬帝國五賢帝時代最後一個皇帝，在位時間爲西元前二二一至一八〇年。

[23] 夏多布里昂：Chateaubriand，法國浪漫主義作家。著有《墓畔回憶錄》。

[24] 黎塞留：Richelieu，法國國王路易十三的宰相，法蘭西學院的創辦者，該學院的宗旨爲選擇每一代文學思想界泰斗，後納入少量宗教、科學與軍事方面的代表人物，以發揚法國語言與文化。

[25] 伏爾泰：Voltaire，法國啓蒙時代名思想家、哲學家與作家，被尊爲「法蘭西思想之父」。

[26] 瓦薩里：Vasari，全名爲 Giorgio Vasari，義大利風格主義畫家、建築師和作家，以研究義大利文藝復興時期美術史出名。

[27] 福斯可洛：Foscolo，全名爲 Ugo Foscolo，拿破崙時期義大利著名的反拿破崙的詩人和作家。

出法國梧桐的樹葉，如何在紙上塗亮光漆，或是做成浮雕，如何清理聖像，如何清理絲綢和天鵝絨，如何畫濕壁畫。我不知道該不該把這些教給亞歷山卓斯；這些東西，我的另一個畫家兒子都學到了。到最後，我沒有採取行動。由於我對自己近乎家庭主婦食譜式的繪畫感到羞恥，由於恐懼這個歐洲年輕畫家在青春與學術上的傲慢，由於同情那個勇敢的艾蓮妮，她下了船，踏上這片卓絕的蛻變之土，讓這土地牢不可破的網困住自己。

至於其他，毫無疑問，我應該讓亞力山卓斯看到我的王國裡各種不起眼的東西，女人的祕密練習簿。因爲我也在我的個人練習簿裡寫滿了做菜、做甜點的食譜，與健康有

㉘科拉伊斯：Korais，全名爲Adamantios Korais，十八世紀末希臘民族意識覺醒，許多詩人、學者、作家和革命領導人開始傳播法國革命的自由與民族主義思潮，用於希臘人受到鄂圖曼帝國統治的現況上。他們試圖喚起希臘人民對偉大古希臘時代的光榮回憶，將眼前受到鄂圖曼人統治的地位與昔日地位互相對照。傳播這類思想最著名的人包括科拉伊斯與菲拉伊歐斯（Rhigas Pheraios）。

㉙帕里奧洛格：Palaeologus，全名爲Michael Palaeologus，拜占庭帝國分裂後的獨立小國尼西亞帝國（empire of Nicaea）的皇帝，一二〇四年在尼西亞（現土耳其伊茲尼克）建立。西元一二六一年，帕里奧洛格從拉丁人手中奪回君士坦丁堡，東正教的宗主教再次佔有聖索非雅大教堂。

關的各種密方，用精細的希臘文、法文與義大利文寫成。但是我寫下的最私人、最古老、最隱密的練習簿，從中學習巫術和魔法，從沒有一個男人看過它，或是猜到有這麼一本練習簿。連我這個目不識丁的僕人拉絲卡瑞娜也不知道我擁有這麼大的力量，因為我從來沒有拿出它，向它探求答案，假如這個房間裡還有其他的活著的靈魂，包括貓的，甚至，如果有任何聲音穿透緊閉的窗傳進房來，不管是一隻母雞在咯咯地喊，一隻鳥在啾啾地鳴，一隻狗在汪汪地吠，還是一頭羊在咩咩地叫。在我取出它以請教它之前，我不斷地把這張精巧照片翻來翻去的看，在照片上，艾蓮妮打扮得像個男人，穿著套裝，打著一個寬大的領結，她丟棄了希臘人與亞凡尼提斯人的迷信信仰，右臂支在一把扶手椅的天鵝絨花圖案上，撐住自己所有的勇氣，左臂拿著如今證明了她在學校的罪行的工具，一枝畫筆和一張大大的畫板，她的目光瞪視鏡頭，帶著細微的嘲諷意味。儘管它具有已經證實的強大力量和風格，那種嶄新的設施，如何能比畫家們的眼光更深的穿透，以便萃取出一個人的形貌之下潛藏的眞相？如果那隻機械的眼睛能證明任何事，這件事必定是，一個拼湊程度更高的眞相，通常隱藏在明明可見的形貌背後。那就是，這個男人被拍攝，且會永遠維持這個模樣，甚至比他自己的形體更像這個樣子，這人從未存在過，因爲事實上，這只是一個女人，在一段短暫的時間內，穿得像個男人，活得像個男人。那就是，這個實質上不存在的「無名氏」決定，以不露笑容、面帶嘲諷的姿態被拍攝下來。他必須擺出這種姿態，並非出於漠不關心或妄自尊大，而是因爲他活在復仇者的角色裡。

所以，我隱瞞了這本書，藉著它的巫術與魔法，也隱瞞了這個男人，即使我借用了他的身形與命運，以便透過欺騙爲女人注定的命運報仇。如果「無名氏」曾經嘲諷機器的力量，當以之與他心中的詭計相較時，他自然會嘲笑多年後我對巫術的關注，把它看成一種不合時宜的中世紀伎倆，看成女性最大的挫敗，或者僅僅看成與他的西方思考模式互相矛盾的想法。我不想把「無名氏」排除於我的生命之外，對於我藉著借用他的形體而得到的東西，感到自豪。然而我不希望把他包含在這門女人的古老學問裡，他既無法了解，也無法敬重它。他也必須認識到他注定發生的命運，跟我一樣，我已認識到學問與繪畫的不足，當我面對我女兒蘇菲亞的死亡。儘管更早以前，我曾向這些東西尋求幫助。

無論如何，我把這張照片拿給亞歷山卓斯看，在回憶中對著自己發表感想，帶著細微的嘲諷說，這會證實我是畫家，儘管我所有的作品都消失了。我不知道他是否了解我想對他說的事情，或是我更強烈的恐懼的東西。他問起我其他作品在哪裡，那些我一直跟他提到的作品，除了掛在這棟濱海房屋的牆壁上的那些畫，那些暴露在鹽分侵蝕下的畫作。就他所知，畫家通常會有更多的作品。我向他說明，有些畫在伊利索斯河畔的磨坊裡，其他的放在親戚那裡。在這裡，我保有我認爲最好的作品當中，自己最喜歡的畫。我膽怯地問他的意見，他答道，他喜歡這些畫，但是他無法輕易認定，它們是這個憂鬱、穿著黑衣、把自己禁閉在她單調卑微的生活裡的希臘中年女人的作品。他沉默的讓眼光從這些畫漫遊到這張「無名氏」的照片，然後移到我身上，他仁慈地不提出寫在臉上的問題：我究竟是不是，同時既是這位年輕的、有成就的畫家，也是生下他的女人，或者，我究竟是不是所有的這些人與所有的面具的描述對象。他若問了，我將不知該對他怎麼說，就像生命中的某些事件拒絕化諸文字，也不許自己被講述出來。

對於我的生命，我兒子亞歷山卓斯並未比這個無聲的問題鑽研得更深。就連他對他父親毫不猶豫的觀念也會再三躊躇，我猜想，當他試著去了解，這個風采俊朗、才華洋溢的藝術家如何能在一個沒有結束的婚姻裡愛我、接受我。或許他甚至會把他離開我這件事合理化。或許他愛那個女人，把她當作自己的母親，在塞佛瑞歐身邊，她把他和她自己的兒子養大，我能接受這種感覺。或許亞歷山卓斯開始懷疑這些老人的故事，穩健而渾圓，堅固如學校的地球儀，在學校沒有人的時候繼續運轉，爲苦痛的海洋與緘默的峽谷所刺穿。我會補充，跟好的畫一樣，如果在孤獨的生活裡，我能獲得允許提出評語，直指無所不知的群性，這話讓他更加懷疑。

他越來越常出去，我了解，年輕人很快就會感到厭倦，當他跟一個憂傷的女人在一起，尤其在他第一次出遠門的時候。我很高興，當他親口告訴我，他跟同齡的人交了朋友，大部分是堂表兄弟姐妹，他們從雅典來到這裡度暑假。然而，他想到外頭去，或許是在聽到普遍流傳的謠言之後，外面謠傳著我能改變自己的模樣，因爲我曾像男人一樣的活過，他害怕這位女巫，她把自己關在這棟寂寞的房子裡，陪伴她的只有一名跛足的僕人，海洋的喧囂，以及過往時光的種種聲響。夏季走向終結之際，亞歷山卓斯不斷抱怨說，在這個亞凡尼提斯人的島嶼上，他能用法語交談的對象只有離開這裡前往他方再回來度假的人，這裡沒有什麼東西能激發他的靈感，連一根古老的圓柱也沒有。透過他的話語，我領悟到，在他的內心裡，他也重複經歷了前往「東方」的老套旅程，如同在古老的圓柱和雕像之間，展開一趟神祕難解、享樂主義的悠閒漫步。也許在這些圓柱和雕像之間，他希望找到屬於我的「東方」，屬於神祕美麗的艾蓮妮，而不是這個爲生命所折磨的中年女人。他想早一點離開這個島，以便有時間去觀賞知名的遺址。我讓他走，對於亞歷山卓斯在他的希臘與亞凡尼提斯人的母親心中形成的「西方」概念，我覺得有點好笑。我當然了解我的么兒，不管他在何處，以何種方式被人撫養長大；同時，我不是第一次被拋到這個角色裡。爲了我最小的兒子，我身上的黑色，甚至比愛奧尼斯包覆我的藍色衣服更強烈，會一天比一天難以穿透。不是因爲兩個兒子之間的年齡差異，而是因爲亞歷山卓斯對他的母親來說，將永遠是個陌生人，一種許多事物導致的屬性。對亞歷山卓斯而言，我也永遠是個陌生人，爲了無數個別的理由，尤其是現在，他來見我的好奇心已然消逝。這種接受彼此是陌生人的情況，沒有被表達出來，如同一個沒有得到答覆的問題，它並未遵從成規裡的義務與情感，我們都爲此感到如釋重負，時近九月，我們互道再會。

他在雅典待了幾天，以便觀賞雅典知名的遺址。他這麼做非常正確。十月的某一天，我從弟弟的一封信裡聽說，他幾乎沒法離開希臘，因爲他的護照出了問題。亞納塔西斯的社會地位解決了這個困難，但是亞歷山卓斯非常驚慌。他要他們通知我，他到馬賽以後會寫信給我，他要跟我們其他親戚在那裡待一段時間。我終於接到他從巴黎寄來的第一封信。

儘管我感到恐懼，這個夏季多少算是沒有痛苦的過去了，它把我們的兒子審愼地分成兩部分，對我來說，是「亞歷山卓斯」，對塞佛瑞歐來說，是「山卓」。我並未期望亞歷山卓斯回到他母親的遭到掠劫的懷抱裡。他的愛，本身就是一種價值，轉向了西方，讓塞佛瑞歐的分量加重，因爲他曾從我這裡拿走這顆珍珠。亞歷山卓斯離開時，我再次確定，塞佛瑞歐第二次把他從我身邊悄悄帶走。無論如何，我希望這條允諾相通的臍帶能把亞歷山卓斯跟我相連在我們之間的感情和距離裡，就像母親與胎兒一樣。

大約在兩年後，愛奧尼斯從丹麥完成學業歸來，最後一個夏天，他跟同齡的藝術家朋友待在史卡根地區知名的美麗海岸，在日德蘭半島的北端。他最先告訴我的事情當中，有一件是搭乘英國輪船穿越直布羅陀海峽時，他畫下了這片荒涼的景色，好讓我看到他的外公，雅尼斯船長，曾經在此穿越水上的閘門。他對我說，他在一兩個港口停下腳步，去看他想看的東西，之後，他回到希臘。冬季來臨，他終於抵達雅典，在費勒藍儂街租下一間畫室，就在我妹妹艾西米娜住的那棟樓房裡。當時他在首都已經成名，受到人們的喜愛，因爲他的才華，獻身於工作的精神，以及傑出的習作。他在雅典有富裕的親戚，最重要的是，有許多好朋友。他的畫室堆滿了畫，不是他從丹麥帶回來的，就是回來以後畫的。他也畫待遇極豐、公家委託的畫作。無論如何，大部分的時間裡，他跟我住在斯派采的這棟房子裡，好讓他能畫畫，不讓雅典的生活令他分心。他深深知道，藝術要求孤獨生活的省思與退隱，至少對他是這樣。此外，在這裡，他擁有海洋，他熱愛描繪它。他明白，他的日子不久了。他跟自己的生命與命運達成和解，他跟我住在一起，不停地畫，一刻也不歇息，彷彿不想浪費一絲一毫剩下的時光。

16

他繼續提出他的問題，對於一年來我持續告訴他的事情，他似乎一點也不想相信。他趕走了老鼠，我們需要他，拉絲卡瑞娜如此要求。好吧，我答道。這樣她就不會起疑心，發現我把他留著，放在我的大腿上，以便摩挲他，讓他爲我發出呼嚕呼嚕的聲音，不過最重要的是，因爲他沒有記憶。是因爲水，還是草藥，你在哪裡喝下忘川的水，有一天我問他。難道他記不得，難道他不想說出來，還是他害怕我也喝下忘川之水，因而不再給他講童話故事？

我的白日夢魘讓我無法在下午起身。愛奧尼斯再一次在屋外的暴風雨裡包圍我。用濃稠的漂白劑染過的亞麻布，在一台直立的織布機上轉動，這片粗糙的面紗折磨著一個女人。再過不久，夜就要再次落下。到時候，拉絲卡瑞娜必須拿更多木柴來。我必須在碗裡裝滿清水。在這個時刻，靈魂永遠乾渴。

亞歷山卓斯，我最小的兒子，再也沒有回來。他描繪的雕像和風景似乎把他從一種毀壞的生活裡拯救出來。然而他們把他拋散到這四種風裡。我們只見過彼此一次。我們對彼此缺少了信任，只是像木偶一般扮演預定的角色。從那時起，他從沒有再提出過要求，希望再次見到這個讓他失望的艾蓮妮，她既不美麗，也不年高德劭，就我的了解而言，更好的是，她不是他母親。他一定還在崇拜屬於他的血統的內陸地區的雕像與風景，以便繼續遠離我。他不時寫信給我。我沒有什麼可抱怨。今天清晨，我接到他的信。然而，寫下的字句是一回事，人的氣息、味道和談話則是另一回事。

池裡的水再度掀起波紋。愛奧尼斯，你還在這裡嗎？啜飲你母親甜蜜的記憶之水，好讓你回到我們大家住在一起的時光。特別是你生命中的最後幾年，那段時間你幾乎都待在這棟房子裡。當你生了病，從國外回來，你到這裡，把自己投入我的臂彎裡。我那醫生宣布得了不治之症的兒子，充滿了我的臂彎，你所畫過的最悲傷的帆，出現在大海上。

一隻陌生的海鳥，就像他們在丹麥王國對你的描述，你是怎麼受傷與罹病？是否來自你愛上了的薄霧與海洋的濕氣，因爲無論什麼天氣，你都讓自己暴露其中，以便繼續畫下去？你是否對於愛用死亡回報我們無動於衷？因爲你經歷多采多姿的航行，它們滌淨你，讓你從一切的罪裡解脫出來，而使你感到滿足。或許你生病，是因爲某個女人，某個年老的護士，或者最可能的是，一個短暫的情人，因爲你一次也沒有對我提起訂婚和結婚的事，連一次不被允許的激情也沒有，如果你提起，我會欣然接受，分享你的熱情。我必須承認，看著你一次次盯著你朋友的照片，拍攝於你待在史卡根的最後假日裡，我確信那些梳著金色髮辮、如皇冠盤在頭頂的女孩，她們當中一個，必是漸漸傾心於她的黑暗王子，而我的兒子，總是沒有笑容，陷入沈思，在一排蘋果樹前抽菸。你並未跟我談起這些照片，這引發了我的疑心。

所以你來了，在這裡住下來。天氣暖和的時候，你會走到海邊畫畫。你偶爾教愛奧尼斯·科提西斯描繪海景，那時他還是青少年。你在傍晚時分返家。你用一隻男孩的手給我看巨大的貝殼；用這位成熟畫家的手，讓畫幅裡佈滿海洋與船隻，不停地畫，直到深夜。我那希臘人與亞凡尼提斯人的兒子，用勇敢卻徒勞地手對抗既定的命運。身爲女人，我也勇敢卻徒勞用靈丹、祈禱和巫術對抗著。然而命運一旦寫下，在所有用字母拼成的語言中，都是相同的。既不能抹滅，也不能改變。這就是爲什麼，只有從我自己沒有寫下的亞凡尼提卡語之中，我畫出了生命。或許因爲這個理由，你來到這個島上度過你最後的時光，而不是在希臘的雅典。也許你能在一個世界的年歲與震顫飛翔裡找到支撐，在這個世界裡，沒有任何東西能用武力取得，能被禁錮在字語的牢籠裡，在囚禁中歌唱。因此，在這個世界裡，離別與歸鄉，死亡與生命，母親與孩子，從未徹底隔絕。我也想住在那裡，好讓我所愛的人能找到停泊的港灣。

愛奧尼斯，從這大地的甜蜜池水裡，再喝一點。當你從「海馬號」的甲板上被拋下去，在海裡待了二十年之後，你的渴必定不堪忍受。所以，它那古舊的船體仍然牢固，能由你外公擔任船長，讓他的忠誠船員開航。那時我是對的，我不害怕，當你道別的時刻來臨。我把你的出生和姓氏的祕密交給你，這樣你啓程時就能擁有一枚符咒，因爲是它們刺繡出你那些影像裡包含的血海深仇。最後你必須知道，以防「海馬號」帶你走向它們了解你所不知道的這個祕密。一個人通常可以處理一個姓氏的屬性，但是你，愛奧尼斯，這是你的命運，你被應許給兩個姓氏。必須告訴你這件事。

你再次告訴我，你記不起當我與你道別時，我對你說的事了。你越來越年少，好讓你可以聽童話故事。好吧，我再跟你說一遍。這是個機會，趁著這隻貓沉睡。沒有理由要它知道每一件事，因爲時候一到，它也會離開我。來吧，坐在我身邊，握著我的手，仔細聽我說。

＊＊＊

我腹中懷你時，並未結婚。生下你的時候，我也沒有結婚，那是十月初一個清澈的日子，晚上八點，在佛羅倫斯市郊的一棟小屋裡，我在那兒生下你。我在無預警的情況下分娩，沒有風，塞佛瑞歐沒能趕到。小屋裡的女人脾氣很好，然而更好的是，我答應給她的錢，要她照料一個沒結婚的異國女人的生產與分娩；一個自稱是畫家的女人。我留在那裡，直到分娩結束。同時，這女人會給你找個奶媽——這是讓你吸取奶水，還是你的重症的緩慢毒藥？我回到塞佛瑞歐身旁，回到我的繪畫，回到我在佛羅倫斯的生活裡。我不能把你帶在身邊，無論如何，這是我第一次在雅尼斯船長盛怒之前顫抖，即使不是在消息傳到他那裡，引發他的譴責之前。時光流逝，他遲早會發現。他很生氣，但他沒有責怪我。然而他命令我弟弟亞納塔西斯，要他暫時離開在馬賽的學業，趕到佛羅倫斯來，不計一切代價，把我嫁給這個跟我同居的外國畫家，就是你父親。婚禮延後舉行，因爲我肚子裡已經懷著第二個私生子，但是這有什麼關係？我懷著蘇菲亞。他命令我儘快改變信仰，忘卻我任何拒斥婚姻的念頭。他們告知我，只有在結婚後，我才能重新把自己看成他們的女兒，一個有家、有祖國、有庇護所的女兒。

有一段很短的時間，我發現自己以亞凡尼提斯人和希臘人的雙重身分流亡在外，最重要的是，以一個墜落的女人身分。然而我被愛和女人的本性征服了。這些成熟的禮物，直到那時，我仍強硬地避開或拒絕接受。愛奧尼斯，當我抱著你，這個新生的嬰孩，在我的臂彎裡，我是如此感動，我仍不敢相信，在豐盛的歡樂裡，就像我期待牧羊人從四周的托斯卡尼山坡走下來，天使的號角四處迴盪，一顆紅色的星星停在你出生的簡陋客棧的上方。我不由自主地呼喚你的名字，喬凡尼・瑪麗亞。兩天後，我們在佛羅倫斯的一間教堂裡爲你施洗，你得到了我的姓氏，克里西尼。

所以，現在你知道了——不要又忘了——當你還是嬰兒，你張開眼，被命名爲喬凡尼·瑪麗亞·克里西尼，來自另外三個人的名字：我父親雅尼斯船長，我母親瑪麗亞，還有我結婚前的姓氏，克里西尼，而波克拉斯這個名字，意思是「壯麗輝煌」，據說給船長取這個名字，是因爲他相貌出眾，當他用金線刺繡的衣服武裝起自己，爲它們所佔據。你藉著另一個名字，閉上熱愛航行的眼睛；一個名字，爲你生命的一半賦予一位生父。

但是最初幾年，你是個私生子，用你母親的姓氏登記户口，這事從來没有給我帶來太大的罪惡感。婚禮舉行後，你登記的名字是喬凡尼·瑪麗亞·亞塔穆拉，你跟塞佛瑞歐和我住了一段很短的時間，在我們位於佛羅倫斯的公寓裡。後來你一直在希臘没有離開，除了到丹麥繼續完成你的學業，你的義大利名字成了使用希臘語法的「愛奥尼斯·亞塔穆拉斯」。在這個名字之下，當你還是孩子，你到雅典跟外公外婆住，還有你妹妹，蘇菲亞·亞塔穆拉，這段時間，我繼續跟塞佛瑞歐住在義大利。我們被迫舉行婚禮後，心情並不輕鬆，我思念你們兩個。我經常長途旅行，來看你們。有時我的心靈矛盾分裂，很想離開被我拋在身後的婚姻和那個異國，但是我的么兒，亞歷山卓斯，即將得到純金般的合法姓氏。他的出生，儘管讓我感動，卻没有引領我走進這個神話，我生下兩個私生子時，被一路引領的這個神話。尤其是你，我的長子。

你露出了笑容。你再次成長的時間到了。幼小的孩子不容易了解這童話故事。如果「海馬號」駛入鄰近「但丁之地」的港口，你那黑暗的半個故鄉，如果你聽到有人呼喚你的名字，喬凡尼．瑪麗亞．克里西尼，請不要忘記，那就是你，我的兒子，愛奧尼斯．亞塔穆拉斯。誰知道呢，或許他們要找的是人們出生時的樣子，而不是他們成年後的模樣。不要被矇騙了，如果在這艘船的船頭，你的船長似乎不知道他們在呼喚誰。他不想這麼認識你，把你當作他沒嫁人的女兒的兒子。如果他這麼做，你會走出來，應聲「到」，來答覆你的過往。

還有，你應該知道，如果你沒有收到你父親的自傳，他在自傳裡省略了，或是假裝不知道屬於我的這一份眞相。此外，我的兩個私生子的出生，爲所有的人所隱瞞，儘管不同的人有不同的理由；爲塞佛瑞歐所隱瞞，爲我娘家人所隱瞞，爲我自己所隱瞞。塞佛瑞歐寫了很多，但是只談到他的婚生子，亞歷山卓斯。我能體諒他，因爲是他把亞歷山卓斯養大。然而，我也能體會他的恐懼，萬一其他的一切損害到這位知名愛國志士與畫家的名聲，甚至傷害到這些孩子。我再一次了解到，同一個故事若由兩個不同的人來說，這條故事的線不會沿著同樣的環形路線纏繞。如果一道波浪由兩個不同的畫家描繪出來，波浪的曲線也不會一樣。然而，對於那件事來說，這種智慧並不會舒緩痛苦。我的意思是，我重新讀那本書時，所感受到的傷痛，就是我重讀塞佛瑞歐的道別信時，所感受到的傷痛。我讀到，他娶爲妻子的艾蓮妮，這個被他視爲希臘人，從未當她是亞凡尼提斯人的艾蓮妮，經常前往他方，因爲她爲思鄉病所苦，我讀到，她會提防初識的人，她追求高於一般的生活，她的性情抑鬱憂傷，她厭惡自己不得不穿上女裝，我讀到，是我把他推入珍．海恩的懷抱。就連他對我的稱讚，我睡前讀荷馬與品達㉚的作品，就像大多數人睡前閱讀報紙，然而這些讚美聽起來簡直像女人令人無法接受的怪癖。

愛奧尼斯，我從未跟你談到可能會傷害你的事，直到你展開永不復返的旅程。我從來不想記錄我的生活，用來當作託辭，把我的行爲合理化。我是個女人，我並沒有逃走，我活出了一個凡人的一生。然而，我的確努力過，去畫畫。去養育你。去愛你。

㉚品達：Pindar，古希臘著名抒情詩人。

17

愛奧尼斯啓程後，我也展開「女人生命之後的生命」。這是我最後的一個行動，儘管我根本沒有移出我的海濱房屋。我聽到，在女人生命之後的生命裡，這雙腳不再持續踩踏地面。我聽到，心靈喜歡翱翔。我聽到，這個世界看起來更尖銳，因爲淚水還有其他難以言說的現象，很可能會擴大事物的形貌，加深古老的裂縫與緘默。我聽到，生命的片刻從此在遠方延展，趨於平穩，對一般的生活幾乎是漠不關心的。我將以這種方式活下去。

同年的耶誕節前後，我寫信給貝西·梅森，我的朋友，也是我以前的學校的校長。我告訴她我受到的磨難，還有，儘管我禱告，我還是對信仰產生嚴重的疑惑。她用一封溫暖、睿智和仁慈的信回覆我，隨信寄來一本小小的禱告書。另一方面，我突然變得富有多了，因爲在我弟弟亞納塔西斯代表我在雅典進行訴訟之後，我從我兒子愛奧尼斯那裡繼承了一筆可觀的金錢。同時，在他的創業與貿易的海洋裡，他也擴展得太厲害了，宛如被他喪母的十歲女兒的手推入生意的遺忘之地，因此他不停地忙碌。現在我從母親瑪麗亞手中接到每月的津貼，她跟亞納塔西斯和妮娜住在雅典。無論如何，當這場訴訟在幾年後結束，我接到商船部寄來的費用，我兒子的一幅畫「帕特拉斯的海戰」的酬勞。這筆錢比當初委託的酬勞少，然而仍然是一大筆錢。

我不斷在心中把愛奧尼斯的那張畫翻來翻去。我不知道是因爲耗費時日的訴訟與煩擾，還是我兒子有某種理由，要用這張出色的畫來困擾我。儘管可能的罪魁禍首是，他在斯派采畫了這幅畫，讓我想起整個過程。初步的素描、素描、習作。幾個月過去了，在這段期間，這位畫家被困在無可逃脫的命運裡，苦思這艘受創的希臘船隻如何脫身，如何拯救自己。它藉著從兩艘敵方的三帆戰艦之間溜過救了自己，雲朵的橘色火燄，大砲低矮的白色煙霧，一片黝暗、銳利、死亡般的海洋。他的外公在海戰發生的時候就是這樣形容這片海洋，他和他的船參與了這場戰爭，親眼看到這情景。爲了有所回應，他的外孫畫出他挺直身子站在船頭，帶領這場挽救海上部隊調派行動，他戴著他的紅皮帶和小帽，穿著藍色的馬褲和金線刺繡的上衣，他的白襯衫僅僅在頸後露出。至少我看到了我那身爲斯派采人的父親在那裡，也有人宣稱，站在船頭的那位船長是米亞歐里斯㉛，「海卓船隊」㉜的領袖。我還看到，在我兒子的這幅畫裡，三艘重型船隻，一艘希臘的，兩艘土耳其的，被二十片大大小小的翻騰風帆高舉起來，由於其他船隻，或是陸地上不可見的焚燒，發出叮叮的金光。每一片帆都展現了不同的曲線，不同的呼喊，輪到它們的時候，這些東西同時高舉，讓這場海戰凌駕於特定的事件之上，也讓這位畫家凌駕於他無可逃脫的終結之上。

有了這幅畫的錢，我可以寄給我的姻親——磨坊的主人——七年來的薪水，爲了他

㉛米亞歐里斯：Miaoulis，指 Andreas Vokos Miaoulis，十九世紀希臘愛國志士，在希臘獨立戰爭中，領導起義的海上船隊獲得成功。

㉜海卓船隊：Hydriot fleet，希臘的海卓島在獨立戰爭中貢獻卓著。島上有些居民捐出大筆金錢，把自己的船隻改裝成戰船，擊敗土耳其艦隊。

這七年裡看顧放在磨坊裡的畫作和日用品，就在我那片靠近伊利索斯河的土地上。我還寄給他女兒，我的教女瑪利雅一筆爲數不少的錢，好讓她高興。我並未告訴他，這些東西還要他照看多久，因爲我剛進入女人生命之後的紋風不動的生命，因此不知道還需要多長的時間。磨坊主人是個實際的人，他在磨坊幹活兒，懂得如何處理氣候與刮風的事；他一定會嘲笑這些女人家的事情。然後，我把這筆錢的十分之一借給尼可洛斯，我妹妹康迪蘿的先生，因爲他的事業不太順利。他來求我。我給了他，儘管我那住在雅典的母親通知我，尼可洛斯不久就要破產，我會失掉這筆錢。萬一我失去了這筆錢，我會爲他感到難過。我捐出更多的錢，大部分給了神父艾納塔西斯・卓帕尼歐提斯，讓他爲那些活著與死去的人們舉行各種儀式。

我把我用來測量時間的計時器，送到雅典去修補。對他們來說，我在雅典的家人指控我硬找差事給工人做，要他清掃院子裡的泥土，把磚塊疊成一堆，把階梯上的石頭聚集到一處，這條往下通到海邊的階梯，已經被波濤侵蝕殆盡。他們會支付這些費用。他們會要某人把錢帶過來，就像他們每個月，或每三個月，帶給我一些錢：要某個可靠的人帶過來，搭乘我們的親戚迪米崔斯・葛迪斯擁有的沿海船隻過來，在夏季的假日期間，如果他恰好要來，他會自己帶過來，或者他們會用自己的方法，把鈔票割成兩半，在不同的日期寄過來。我必須寄收據回去，證明我收到了錢。

不久，我們之間的疑惑、爭吵和無情的話語接踵而來。我母親瑪麗亞寫信給我，要我不要爲了錢寄出的時間晚了些而生氣，因爲我弟弟的事業進展不太順利。他們寄來一疊畫了線的雅典報紙，我讀了其中一份。「雅典劇院」，更多人知道的是「波克拉斯劇院」，整個冬季都沒有租出去，重新開張是危險的作法。都該怪罪首相特里庫比斯的財政策略錯誤，我母親在一封短信中寫道；她還告訴我，柯林斯不停地下雨，多年以前，我弟弟在此買了佔地遼闊的葡萄園，大雨把那年的葡萄收成全毀了。

對於我那生意人弟弟亞納塔西斯來說，這筆錢必須審愼思考方能進行投資，如此才能讓金額增加。他這麼看待這筆錢，是正確的作法，但是在監督它無可避免的起落時，他逐漸遺忘了我，開始責怪我。他無法了解我爲何把兒子那裡繼承來的這筆錢揮霍殆盡，而不留著它，好讓他從他的義務裡得到些許喘息。他沒有想到更深的層面，某個我沒有告訴任何人的原因——一個墜落的女人正在尋求贖罪。我就是這麼看待這筆錢的，因爲我恰好失去了我的兩個私生子。照他們出生的方式來看，他們的終點寫得不高明。無論如何，不該怪他們上，應該怪我，即使對我來說，如今那個艾蓮妮是個徹底的陌生人。這份古老的愛完全轉變成一種罪惡感。爲了讓我過去的罪得到原諒，爲了讓他們的靈魂得到安息，我捐錢舉行宗教儀式、謝恩禱告與悼念式。我盡了力，做了所有我能做的事。我必須承認，有時愛奧尼斯的錢像火一樣焚燒我的手。

其他的家庭紛爭陸續發生。我忍受了許多足以讓大家庭咬牙切齒的小事。我的妹妹們離開了。尼可洛斯，康迪蘿的先生，跟家裡其他人爭吵，要求得到他那一份。亞納塔西斯建議我避開揮霍無度、破產的妹夫，不要跟任何人討論這份家庭遺產。亞納塔西斯持有相關文件，尼可洛斯無法挑戰這份遺書，他的兒子要求得到一筆錢，以及三十英畝的土地，作爲和解的條件。我想，他們給他了。另一個愛奧尼斯也有問題，他是我妹妹艾西米娜的兒子，當時他已在一場豪華的婚禮中，娶了一名陸軍高階軍官的女兒，之後他離開她，逃到巴黎去，花光了所有嫁妝。他丟下一個女兒，還有一位憤怒得合情合理的妻子，她要求得到一大筆錢。這一切，加上戰爭即將爆發，嚴重損害這位生意人的信用，也讓我弟弟名聲掃地，如今已經由他當家。他經常發脾氣，跟每個人吵架。他甚至要我母親來責備我，因爲我抱怨他們總是太遲才把錢寄過來，因爲我寫信向他們哀訴，因爲我懇求別人給我錢，因爲我說謊，因爲我不停地爲自己的生活痛哭。我必定是受到某種折磨，他們說，因爲降臨在我身上的一切。然而，我母親和我十六歲的姪女妮娜次日又寄了一封信給我，對我表示慰問與支持，她們甚至私下寄錢給我，沒有告知這位孤獨憤怒的一家之主。他們要我一定取得律師的証明，以便扣押尼可洛斯的財產。我立刻寄去了，儘管我發現這麼做既愚蠢又無禮。他們都生我的氣，因爲就他們認定，我爲了激怒或耽擱他們，在簽名時沒有寫下婚後的義大利姓氏，而是出其不意地寫下我眞實的娘家姓氏「克里西尼」。

他們頑固地不去看簽下的這個名字。

18

她爲什麼沒有把這盞大檯燈拿過來，她爲什麼沒有點燃壁爐裡的火？既然你醒了，不要離開你的墊子。我要過去看看，那個蒙福的拉絲卡瑞娜在哪裡。要我在屋裡走動不是件容易的事，我需要她。我承認，我很喜歡她，但是女主人不能流露出這種情感。你則是另一回事。

原來她在這裡，她走過來了。

很好。

你是否聽到，我叫她今晚燉一碗湯給我喝。剩下的魚是你的了。等一下，讓我翻開報紙，好讓我告訴你，人類的世界裡發生了什麼事。過一會兒，你就會目不轉睛地看著我，當我開始像每個下午一樣抄下我感興趣的段落，還有能補充我的知識的事情，但這並不多，因爲我被禁閉在這裡。看看這些我寫滿的練習簿，深藍的墨水，鋼筆和鵝毛筆。來吧，不要又在我面前睡著了，你知道你喜歡聽這些消息。一定是因爲火燄的熱氣。

但是另一堆火並沒有燒起來，它被一個悲痛的女人點燃。她尖叫著，墜落到地面，鬆開並拉扯她的頭髮，譴責繪畫的藝術，呼喊她的祖先，向他們求助，詛咒諸神的無情。我爲愛奧尼斯流的淚彷彿是一條溼透的毛毯，把我緊緊包住，讓我感覺不到火在燃燒。除非是某種奇蹟在捉弄我，或者，除非是某種更慈悲、更神奇的力量在保護我，不讓我受到這火的灼燙熱氣。無論如何，大約在二十年前，五月的一個晚上，那些火燄把我的畫燒成了灰，到今天那火仍然冰冷。

那時我比較年輕，比較敏捷。我把這些畫一幅幅從掛著的釘子上取下，搬到瞭望大海的陽台，壓在鋪著鵝卵石的地面中央的黑雛菊上。拉絲卡瑞娜想阻止我，但我用力推了她一把，她摔在地上。我不許她起來。她留在原地哭了一整夜。破曉時分她站起來，確定這新的一天如往常一般。她拉我起來，因爲我也整夜沒睡，蜷縮在燒焦的殘屑旁邊，她扶我躺下。她也要上床睡覺。再也沒有人在那棟房子裡呼吸，除了我忠心耿耿的僕人和我。然而，是哪一個我呢？一個不敢自殺的怯懦女人，因爲害怕犯下比產下兩個沒有得到任何天上或人間的祝福的孩子還要嚴重的罪——儘管看起來，我的罪孽的循環隨著這兩個孩子的離世而結束了。還是一個沒膽的女人，一個希臘人與亞凡尼提斯人，在這種最初的混合之外加上另一種混合——從東正教轉爲天主教，徒勞地盼望著，藉著這種方式，諸神將會把她向一個男人徹底投降的事，從他們精確嚴密的帳簿上抹去。我沒有一刻否認，就連從酒瓶中倒出烈酒，點火焚燒我的畫時，也沒有否認過，我曾在他懷中感受到多大的歡愉。第三度，當她膽怯地因爲害怕這個老邁女人的寧靜世界而刺穿它，藉著她的鉛筆和筆刷，藉著理性主義和知識，藉著飄移的生活和裝扮成男人——儘管我還在吸吮母親的奶水時，就已了解牢不可破的女人的命運。

這個循環的最後一項罪過是，在我焚燒作品時，我以畫家的曲解方式凝視身邊的大自然。我看到，五月用潔白的雲朵裝飾它蔚藍的頭髮。我看到，一道深橘色以火燄色調主宰了它們，就像在「帕特拉斯的海戰」裡，這幅畫是你，愛奧尼斯，在這棟房子裡畫的——歡迎你，我前一刻還在呼喚你，你在一排蘋果樹前面抽菸，在你的天堂裡。我看到大海慢慢轉成徹夜禱告的紫羅蘭色。在它的邊緣，由於海洋在這一刻得到了邊際，我看到，「海馬號」，你最後的嬰兒床，帶著你遠行。我開始對著你唱歌，哄你入睡。

點燃這火是我的責任。你必須擁有這來自我的作品的火，這樣才能如燈塔般照亮四周，避開你旅程中的危險。然而，最重要的是，這樣你才會記住這道光在哪裡，才能回到雅尼斯和瑪麗亞·克里西尼斯·波克拉斯的家，你，愛奧尼斯·瑪麗亞·克里西尼斯·亞塔穆拉斯。因爲，就算這些火燄在完成它們的工作後熄滅了，繪畫之火永不熄滅。它不會熄滅，然而不是每個人都能看到它。例如拉絲卡瑞娜就看不到了它。而我，一個活在「女人生命之後的生命」中的人，每一次夜晚落下，都看到火燄又一次把我的畫燒成灰燼。

19

亞納塔西斯被迫翻修這艘他繼承來的、位於雅典陸地上的大船，好讓他能在一張已經產生變化的地圖上繼續進行戲劇之航，這變化來自兩間廣受歡迎的新劇院出現——巴特農和幽德琵㉝。這兩家不同類型的劇院，並未嚴重威脅波克拉斯劇院，然而，它受到了一家正在建造的豪華劇院的威脅。後者還沒有正式開張，大家就稱之爲「大劇院」或「新劇院」，並給我們的劇院取了個綽號——「老劇院」。這家劇院開張的頭一年，亞納塔西斯不得不裝修關閉已久的波克拉斯劇院。這麼做是爲了獲利，是出於惡意，還

㉝幽德琵：Euterpe，希臘神話中九位繆斯女神之一，她手持長笛，司悲劇和音樂。

是僅僅因爲他已習慣跟常來光顧的所謂上流社會人士交往？我不知道。我的看法是，即使駕著陸地上的船隻，某些船隻仍須載著它們最喜歡的乘客，持續航行。我好多年沒到雅典了，但是我知道，當這間劇院還在營運的時候，在我弟弟的包廂裡，永遠有一張空的椅子留給他太太安妮塔。安妮塔有時會來，永遠是二十歲的模樣，甫從她致命的分娩疼痛裡恢復過來，她梳洗過了，戴上羅多卡納基斯的鑽石首飾，穿上她用里昂最精美的絲綢製成的結婚禮服。當我弟弟亞納塔西斯觀看台上的演出，當他傾聽詠嘆調與管弦樂團，他感覺到她溫柔的眼光凝視他泛灰的兩鬢，在他的身旁，那含淚的緘默再不敢向他索求物質的歡樂。妮娜長大以後，她父親陪她到劇院去，我也知道，安妮塔出現的次數更頻繁了，她在肉眼看不見的地方，爲女兒感到自豪，現在她也是二十歲，她從未確切的看過她，除了多年前生下她的那一刻。成爲孤兒帶來了艱難的命運，這就是爲什麼安妮塔懷著自我犧牲的陰影，盼望女兒得到好運。上天聽到了她的願望。那天晚上，在劇院裡，當母親傳下的珠寶在妮娜的頸項上閃亮，每個人都聽說這位女兒訂婚的消息。他們通知我，並把我的每月津貼送過來，我最疼愛的姪女將要嫁給迪米崔歐斯・迪米崔艾狄斯，雅典大學的醫科教授。是我們的近親介紹他們認識的，這些親戚是神學與法學教授。我母親的娘家跟克里瑞亞柯斯與波塔西斯兩個家族有血統關係，其中有些人在學術界名聲響亮，也有人在軍方表現傑出，另一些人在雅典辦了一份報紙。

我的親戚獲得世界性的威信，有一部分滿足我了的虛榮心，卻也讓我在女人生命之後的生命裡無動於衷，覺得每一件事物都是由其他尺度與標準來判定。這種態度跟經常激怒我的希臘有關，它先是加深生者與死者之間的距離，讓它越來越深，越來越肆意，藉著這種作法，它處置了過去與現在之間的距離。我經常懷疑，我那些有權有勢的親戚的血管裡，是否湧流著同樣的武裝的血液，就像那些人揭竿起義，好讓生命的自由帶來益處，好讓人們的道路能夠匯聚而非四散。此外，像我這樣孤絕的人，我只會讓男性親戚更加驚懼，因爲我年輕時的生活，是他們樂於從家族史中抹去的。然而，他們沒法抹去。那就是爲什麼，每個人對此都保持沉默，有時這種沉默就像一種懲罰。然而，我設法與某些親戚維持友好的聯繫，當他們到島上度過夏季的幾個月。換句話說，就在一個亞凡尼提斯家族的家長的無情陰影，加上同樣無情的陽光，讓首都顯得黯然失色的時候。這些親戚停留在島上的時間，大約只有他們能忍受自己心意轉變的時間那麼短暫，在他們的生理時鐘顯示的時間還沒有出現，他們的心思就回返了。之後，他們迅速歸去，回到雅典的生活，不管是對是錯，藉著錯綜複雜的鐘擺邏輯，他們的生活分成工作和娛樂，它永遠在想辦法，促使一個人必須在他不同的生命探險之間，保持固定的距離。

跟我家族裡的女性的關係就不同。我跟某些女人維持友好的關係，這種關係源自她們每天的家庭生活，經由細微的事件與照護而加以清晰界定。然而，身爲一個年輕的女人，我拒絕了那種女性的陪伴與支持。如今我活在女人生命之後的生命裡，我了解，這些女人敬重我年輕時的拒斥，拒絕被禁錮在女人的永恆命運裡，這種命運，完全沒有例外狀況，正是她們的命運。在我遭逢逆境的時候，無論何時，只要她們來看我，她們當然都支持我。她們當中受過教育的人，對我年輕時假扮成男人的作法感到有趣；她們並未把我看成女巫，也沒有因爲我姓了一個所有人都不認識的幻影丈夫的姓，而感到困擾。她們沒有察覺，或是假裝未曾察覺塞佛瑞歐・亞塔穆拉與我以前的老師拉斐羅・賽柯利的革命性的行動，還有一項事實——我的頭兩個孩子，都在我未婚的情況下出生。這些長在我們興旺家族之樹上的合法荆棘，儘管因爲受到遮掩而乾枯，宛如那些知情的人，宣示要對此保持沉默。當然，我也靜默不語。縱然付出這麼大的個人代價，當安東妮亞・波塔西，我在雅典的親戚之一，要我提供關於我父親的資料，我寄了一篇很長的文章給她，我知道她會把文章刊登在報紙上，對於我父親曾過著雅典紳士和劇院經理的生活，我隻字不提，也不談這間已經成爲家族中非常重要的一部分的波克拉斯劇院。我並未疏忽的遺漏它，也沒有忘記它。相反的，在女人生命之後的生命裡，我並沒有很多實際事物要處理，因此我在心裡、腦海裡造訪它的次數更頻繁了。但是我不打算在報上散播關於一艘陸地上的船隻的事情，對大多數人來說，這件事令人無法理解，在我的生命與家庭的航行中，它所扮演的決定性角色，同樣的令人感到不可思議。至少在公開的部份，我們必須用過往歷史的慷慨高尚與英雄主義作爲基石，來穩固自己。這也是某種安慰。

對於我決心把自己禁閉在這棟海濱房屋，度過我女人生命之後的全部生命，我的女性親戚並不覺得驚訝，儘管與一般憂傷悲痛的形式相較，我的行爲似乎再一次顯得過於極端。她們可能接受了這件事，認爲我的苦行生活是這條橋另一邊的盡頭，只能期待走到這裡，而橋的開端是愛情、背叛，還有，回顧既往，其他缺乏節制的過度的事物。對我來說，如今我呼吸著，在屬於另一個上帝的時代、慈悲與國度裡，我可以審視我生命中過去和未來的各種事件，沒有野心，沒有罪孽，儘管帶著人性的罪惡感。我覺得，這種省察像是最深刻隱藏的知識。不在蘋果裡，不在文件裡，也不在色調裡，而是用這種方式，當年華老去，一個女人的時光會還原，會再次臨到一個孩子的時光。我思索著，或許這也是一種方式，讓一個女人的命運被高舉起來，朝向她唯一的、在塵世的聖徒的地位。如果我有這種想法，不算太過分的話，不過這也不是我第一次這麼做了。

許多年來，我只跟最親近的幾個親戚見面，加上卓帕尼歐提斯神父，一兩個工人，還有拉絲卡瑞娜。我不想再認識人，也不希望有人來探望我，還有哪個陌生人會來找我，找我的理由是什麼？因此，有一天，一個不認識的女人從雅典來到島上，要求會見畫家艾蓮妮．亞塔穆拉的時候，我感到驚慌。我拒絕見她。透過拉絲卡瑞娜，我答覆她，這麼多年過去了，我已有一段時間沒有任何訪客，因此我不知道她指的是過去哪一個艾蓮妮，也不知道她希望從這個艾蓮妮那裡得到什麼。她解釋，指派下一人傳話給我。我再次拒絕她。兩天後，我終於向她上回派來的送信人屈服了。她從我表哥，市長克里瑞亞柯斯的住所過來。他慷慨接待這位女士，我聽說她是已有三年歷史的雅典報紙《女士報》的社長。同時，這個相當堅持的女子必須了解，我的生活方式與她迥異，她必須主動讓自己進入另一種韻律。由於她是個敏感的人，她立刻領悟到這件事，我想，也對它表示敬重。由於她是個活躍的人，她不會讓她爲期兩天的主動投入處於未開發的狀態。她寫了一篇很長的文章，登在她的報紙上，談論見到我之前的兩天之中的見聞。她無法相信，距離浮華的雅典這麼近的地方，她還能找到如同寶藏的一座島嶼：許多小小的花園，青翠馥鬱，圍繞著純白的房屋。黑色與白色的鵝卵石在地面鋪出華麗的馬賽克鑲嵌圖案，在門口，在四面高牆內的寬敞靜謐的院落。這些祖傳房屋的平凡財富，它們明亮的客廳裡高掛愛國志士的肖像。這個家族裡的海員，似乎從餐廳牆上的肖像裡，向她伸出他們溫暖、帶著鹹味、沒戴手套的手。幼小的孩子們，衣服上沒有任何蝴蝶結或花邊，他們自由自在的玩耍，非常快樂。這些希臘人與亞凡尼提斯人的家庭主婦，有時包著色彩鮮豔的頭巾，有時穿著昂貴的歐洲風格的衣裙，親切而不做作，以絕妙的口才，用一種學來的語言跟她交談，儘管她們不時對首都的生活感到羨慕。

在這兩天當中，她所知道的關於我的事情，超過她在雅典所能收集到的，在這裡，我的消逝，它甚至能享受之前活著的生命，完全沒有覆體的衣服、裹屍布和女人的嫁妝，它相當恰當的把它所有的重要性，賦予了畫家艾蓮妮。她要找的就是這個艾蓮妮，所以，有一天的晚上，凱莉蘿・派瑞夫人派人通知我，當我終於答應見她。在來年的春天，她打算在她報社的辦公室裡，舉辦第一場女畫家的畫展，這就是她要見我的原因。由於我學過畫，以繪畫藝術爲業，而在希臘，女性還沒有權利把這門藝術當作專業來學習或以此維生。我眼中必閃現出一絲火花，我察覺，它沒有逃過她的眼，在它消逝之前，我對她說，無論如何，不要把我放在展出的名單裡，因此，也不要把我放到繪畫的藝術裡。

這次見面的時間不長。在她撰寫關於我的第二篇文章裡（篇幅跟第一篇一樣長），許多段落必定是從她在首都或在斯派采島上聽別人說，或是自己歸納出來。我只答覆她，關於畫家艾蓮妮的部分，她堅持說，她來這裡見我，爲的就是這個，彷彿這是件簡單的事。我知道，我說的話會登出來，因此我只告訴她最基本的事實。關於我學生時代缺乏紀律，在學校受到的懲罰，關於我在羅馬上學校，以及四處旅行，好讓我能觀看與繪畫，還有，關於佛羅倫斯的畫室。是的，我曾打扮成男人，以便取得畢業證書，以便描繪裸體模特兒。此外，有一張照片，上面的艾蓮妮既是男人，也是畫家。我沒有其他的方法，來侵入這個禁止我進去的地方。之前有一段時間，我曾對這件事感到更深的自豪。而且，就像我男裝底下的符咒，我把父親的話留著，直到我的皮膚吸收進去，直到我不再知道，它是一個願望，還是一種詛咒，因爲我不應忘記自己是希臘人。在這個新的希臘之中，我是第一個上學校學習藝術，稍後從事畫家職業的女性，但是「希臘人」這個字眼所包含的不只是這個。不，我的婚姻並不幸福。我回來以後，獨力工作，養大兩個孩子，他們都死了。第三個兒子是畫家，住在巴黎。

我的訪客禮貌地問我，她能否看看我的作品。我指給她看，掛在牆上的「天使和少女」。這是唯一一幅存留下來的畫，畫的是蘇菲亞的婚約。她看了一眼後來的畫作，那些在閒散或抑鬱的時候，用黑色鉛筆或墨水筆畫的。之後的幾天當中，派瑞夫人會在她的文章裡貢獻出三段文字，描述我的畫「天使和少女」，藉著每一種公正的審判都帶有的睿智的不足，經由這個小小的樣本來審判我。

派瑞夫人非常得體，對於她必定從許多人那裡分別聽來的傳聞，她並未要求我提出任何解釋。就我而言，當我讀到她寄來的這兩篇文章，我並未要求她更正某些不精確的地方，還有一兩個錯誤之處。對今日的艾蓮妮來說，公共形象跟她完全沒有關係，她活在女人生命之後的生命裡，在那裡，沒有一個女人會參與公眾生活。此外，關於一個生命的精確眞相乃是以對它的不精確的描述爲基礎，假定這就是它的命運，要成爲一個童話故事，說給人聽，一次又一次，用許多種不同的方式說出來。在這位著名的女性所寫的每一件事裡，關於我曾經是的那個艾蓮妮的事情，從傳聞或聽我說話中搜集得來，一個藝術的見證者，一個喜歡做夢的唯心論者，一個現代希臘具有領導地位的藝術家，一個獻身於理想的人，死於生者之間，生於死者之間，一個引人憐憫、或是令實際與乏味的人面露微笑的人，一個被人遺忘、受到忽視的人，一座爆發後、被自己的火燄掩埋的火山，一段穿越永不停息、雷電霹靂的暴風雨的人生，我僅僅在讀到一個小小的字的時候，躊躇了一下，這個字在她的文章裡出現了兩次。

這個字就是「謎」。

20

你走過來，帶著閃亮的黑色毛皮和綠色的眼睛，來詢問我，而七年前這位女士來問我的時候，頭上戴著一頂怪異的帽子。我還記得。從背後看去，它很像一叢雞冠花，只是它沉重的垂掛下來，用一朵深紅的、塔夫綢般光滑的玫瑰，蓋住她的眉毛。我還記得，她的玫瑰也參加了這場審判。還有她圍在頸間與袖口的刺繡的雛菊。她很仁慈，在她的花朵的陪同下，她無異議地宣判我無罪。

我感到迷惑。然後我想到，這致頌詞般的宣告我無罪，可能是許多原因造成的。第一個原因是，之前罪孽深重的艾蓮妮，如今據說是個女巫，選擇了教皇的形式，作爲她的女人生命之後的生命形式。我指的是，實質上而言，教宗庇護十世無法穿透的形式，在另一頭，你或許已經在你的墊子上看過了，在我保留的筆記本裡，我第無數次的寫下，我跟他是多麼相像。棄絕我的信仰時，我效忠的是他。當我逐漸老去，爲何不應該被他的形式所吸引？至少該容許這麼做。除此之外，由於畫家的悲慘習慣，要去干預他們看到的每一件事物，無論是明明可見的或不可見的，我把這些統治者的世俗的紫，改換成女人的謙卑的黑。黑是我衣裙的色彩，是我披巾的顏色。一張圓臉，在白色無邊軟帽的半圓形蕾絲底下，用兩條長而寬的絲帶，在下巴綁出蝴蝶結。圓鼓的身軀，生著關節炎，坐在椅子上，在一棟最初是建來當倉庫用的濱海房屋裡，遠離其他叢聚的房屋——他們會怎麼想，我不曉得，當他們日日夜夜從遠方看著我，大家一起瞭望，一群海鳥？一個謎，派瑞夫人寫道，宣告了我的無罪。

第二個理由一定是我對於我不希望在報上登出來的事情，隻字不提，當我的訪客一開始就向我說明，我們所談的一切，她都會登在她的報紙上。基於同一個性別的休戚與共，我猜想，她警告我，要我小心危險，一個女人揭露的內情所帶來的危險，在她生命之後的生命裡，如果她突然向路過的陌生人認罪，坦承自己生命中的確擁有隱藏的寶藏。我當然明白，吸引這個充滿活力的年輕女人來到我屋裡的，就是這些寶藏隱隱閃爍的光芒。然而，她藉著提出警告，表明她會把我說的一切公諸於世，促使我審慎行事，不要違背我保持沉默的誓約。儘管她很年輕，比我年輕許多，她已經領悟到，所有女人的生命都蘊涵著深沉緘默的需求，作爲一種解毒的良藥，來治療它無可避免的罪。應該少說，應該少寫，關於微不足道的女人的生命。

稍後我看到報紙，我發現，除了我對她談到的學畫和專業生活之外，她還把在跟我見面之前，四處蒐集來的各種傳聞寫進文章裡。此外，我看著她，在我們談話的時候，她努力揭開一層又一層的面紗，探索以前那個艾蓮妮。我不確定她能找到哪一個，因爲我刻意隱瞞，不讓她找到大部分的鑰匙。舉例來說，包括在少女時代，我曾受教於英勇的、後來突然消失的拉斐羅．賽柯利。包括波克拉斯劇院，以及這個劇院的概念，在某種程度上，帶領我的生命走上不同的道路。包括，我註定的愛，塞佛瑞歐．亞塔穆拉，是個革命份子，曾經被判處死刑，被迫逃到佛羅倫斯，在那裡，我跟他同居，生下我們的頭兩個孩子。後來我才跟他結婚。最後一點，我在我們談話的這房間外面、鋪著鵝卵石的陽台上，燒毀我所有的畫。幸運的是，無論是出於輕忽，還是出於顧慮，似乎沒有人對她提起這些事，因爲她的文章裡並未透露一絲相關的暗示。至於其他，我有這張照片，她只能從「無名氏」的角度來揣想艾蓮妮。有許多證據能證明我父親的勇敢與慷慨；她看到了其中某些證據。對她來說，這個再平凡不過的艾蓮妮就是那個在亞薩凱歐女子學院教過書的人，就是那個參加過評審委員會的人，在她於雅典養大兩個孩子的期間，儘管跟這個外國人分居，這個沒有人見過的丈夫。更熟悉、也更感人的是這位母親失去了兩個孩子。我的生命之後的生命呈現在她面前，如果她想，她可以用懷疑的手觸摸它，這生活必定和我過去的生活一樣，讓她深深困擾。不然沒有其他理由能解釋她所說的，我的個性，即使是最敏銳的心理學家也沒法一見面就加能以歸類，當今心存懷疑的研究員更會提防與避開我，就像規避一個解不開的謎。

那麼，是個謎了。或許就是因爲這個，因爲無法解開我，她宣告我無罪。

拉絲卡瑞娜給她送上點心，站在旁邊，瞪著這頂奇怪的帽子。當她伸出手去，想摸摸這朵玫瑰，看看這個迷人的謊言裡隱藏了多少的眞相，我用本地的方言，吩咐她離開我們。她非常喜歡飾品和謊言。我已答應把我的全給她。還有我的衣服，儘管它們不像凱莉蘿．派瑞的衣裳那麼艷麗。

我的訪客，從我所使用的亞凡尼提卡語當中，只聽得懂「拉絲卡瑞娜」這個名字，身爲一個陌生人，她聽不出在表面之下進行的一切，即使是最簡單的事情；她愉快的接受了一個事實，擁有這個名字的人，竟是跛腳的僕人。我立刻用大家都會說的希臘語說明，我們兩個西方姓氏，派瑞和亞塔穆拉，在沒有文字的亞凡尼提卡語中，處於兩個極端。然而我太羞怯而不敢問她，在重新要求跟我見面之前，她是否舉行了天主教婚禮。

對於這個坐在這裡，跟我面對面的女人，我幾乎一無所知。而坐在我面前的這個艾蓮妮，就像那個柔和的凱莉蘿，自在的流動，對我展現出一個跟我相像的女人，當我在她這個年紀。我只知道她告訴我的事，她向我敘述她的生活，出於禮貌、休戚與共，還有義務，以便報答我。她對我說，她來自尚未得到解放的克里特島，但是她在比雷埃夫斯長大，後來成了教師。她曾到巴爾幹半島的國家和俄國旅行，之後回到雅典，嫁給一個法國記者，他的名字是愛奧尼斯．派瑞——你是否聽見柴火爆裂的聲音，我問她，只要有人提起愛奧尼斯這名字，我總是聽見這聲音。她答道，她什麼也沒聽見，儘管她緊張的看了窗外一眼，好讓自己安心，相信這一天正在走向清白的終點。然後，她要求拿盞檯燈來，好讓她看得見，能夠作筆記。我還發現，她透過她的報社，跟其他女士一起贊助女性發展事業，已經有三年了。哦，我多麼希望我還年輕！我很嫉妒，我想加入，一起玩她們的遊戲。但是，在女人生命之後的生命裡，我只能加入陰影的遊戲。

派瑞夫人要的檯燈拿來了。在屋外，夜幕落下。我問她，現在她能不能看到我看到的陽台上的景象。火燄在鵝卵石地面中央的黑珍珠上焚燒，以便照亮海上的航線。她再次回答說，沒有看到。然後，我突然對她說，在那裡，我沒有任何的作品，因此不可能參加第一次舉行的希臘女畫家畫展，明年春天不行，所謂的未來也不行。關於我曾經是的那個畫家，我身邊沒有任何相關的東西，除了鉛筆和黑色墨水筆畫的少數幾幅素描，但是過去的油畫一幅也沒有。我補充說，我不想把任何畫作留在身邊。對於她沒能看到我自己焚燒作品，大聲呼喚我的兒子，我感到不悅，我並未向她說明，當「海馬號」帶著我摯愛的愛奧尼斯啓程，我燒毀了所有作品，因爲他們需要一道不熄的光，一座讓他們歸返的燈塔。感到不悅，更正確的說，感到嫉妒，嫉妒她在自己的作品裡仍有信念，嫉妒她的年齡只有我的一半，嫉妒她的深紅色玫瑰與多采多姿的衣服。嫉妒坐在我對面的這個艾蓮妮，還沒有被帶入一個女人的悲慟階段。

然而，有一刻，我爲她難過，爲了她以這種方式來見我，沒了陰影的保護，我決定多告訴她一些。不是關於一切，因爲那個一切並不存在，而是關於這些循環中的某些部分，我的短暫存在的寶石墜落所形成的循環。我看著你，愛奧尼斯，也許你會對我表示你的意見，因爲，聽到你的名字的瞬間，你就來了。你聳聳肩膀，彷彿在說，掌管那棟塵世房屋的人是我，而你用你的手指，輕輕彈掉你水手帽上的海鹽。弄乾淨以後，你把它放回手中。在它的鑲帶上，我看到金色的、一個女人的名字「安菲特里特」㉞。在你的左耳上方有一朵康乃馨，夾雜在鬈曲的頭髮中。你看著我，微笑一如往昔。我知道，這個我不認識的年輕女人的溫暖，讓你倉皇失措。你不能決定你應該留下，還是該立刻登上繫在屋外，等待著的「海馬號」。然而，當你領悟到，在你面前逐漸開展的東西是什麼以後，你的兩隻烏黑的眼定定看著我，對於這朵玫瑰的審問感到驚奇。他的母親怎會允許一個洋溢活力的年輕女人，藉著她的問題來折磨她？有時這種事確實會發生，我溫柔的向你解說道，一個開啓了哀慟階段的女人，在她生命之後的生命裡往前走，她接待了比自己年輕的女人，以便聊聊天，以便忘記自己。如果這年輕的女子堅持，由於她

㉞安菲特里特：Amphitrite，希臘神話中大海中的女神，海王波塞冬（Poseidon）的妻子。

的年齡、熱情與專業，她能夠逐漸發現一份寶藏，將它捐出作爲公眾的遺產，也沒有關係。無論她發現的東西多麼稀少，都讓她捐爲公眾遺產，這個隱藏的世界絕對不會枯竭，不要擔心。

我要請你等一下。我轉過身，面對著凱莉蘿·派瑞，要她放下那枝非常尖銳的鉛筆。我對她承認，在女人生命之後的生命裡——藉著走進這棟房子，也許她能稍微想像這種生命——繪畫、文字的知識、連拉絲卡瑞娜的奉獻和這隻貓都沒有摯愛的人的聲音和探訪來得重要。除了生活裡少數實際的需求，我只要求這些探訪。我的旅人完成了他們的循環，以便精確的返回他們啓航的地點。除非一段航行終點與起點重疊，否則就難以被理解，與這個家、這些細節重疊，關於這些眾所周知消失已久的人的細節，這些人乃是透過其中的一切而被辨識出來——某種女人的愛永遠知曉的東西。我在盆裡裝滿水，在餐桌上，我留下紙筆。有時是雅尼斯·波克拉斯，有時是蘇菲亞，更常出現的是，我摯愛的愛奧尼斯，來分享我的孤獨。因爲大地是荒蕪的，諸色退去，感覺消失，最親近的血緣遙不可及。然而，他們來了，他們來陪我，向我描述他們搭乘「海馬號」的航行。有時我懇求他們帶我走，因爲我不能自己離開。他們從不帶我走。別擔心，他們說，不要急，這旅程永遠不會結束。

但是，現在你必須快一點，我對她說。我的愛奧尼斯已經來了一會兒了，他很不耐煩，想跟我說話。我很快就會寫信給你，別擔心。多麼迷人的帽子！再會。

第3部

21

清晨第一道曙光照下，夾在圍繞四周的高牆之中的兩扇門開了，之後是這棟房子的大門。它們轉動生鏽的絞鏈，宣佈它們要說的消息。拉絲卡瑞娜覺得現在是可以親吻她的女主人的時候了，在鐵鏽抹上黎明之前。她吻了她。然後，她打開瞭望海洋的窗，好讓她的女主人蓮妮能夠離去。三桅帆船「海馬號」正在等她。在黑暗中，它的漆黑船殼爲肉眼所無法見，然而，即使它在那邊，仍能聽見聲響，解繩，起錨，十六座大砲準備妥當，即將展開戰鬥，船帆張開，旗幟再一次招展，露出藍色布料，上面繡著「不自由，毋寧死」，最後，是船長雅尼斯用亞凡尼提卡語下令的聲音。

她的父親穿著島上節慶的服裝，他正在準備，要陪伴他的長女進行每一個女人最後的婚禮。但是，在此刻，他們要乘船，以避開一片乾燥陸地的危險，這片陸地正因爲革命而動盪不安。一個女人出門旅行，身邊處處都是危險，即使是他的艾蓮妮，再過一年，她就滿八十了。歲月加在女人身上的重荷，不像加在男人身上的那樣沉重。到了晚上，當他上去與他們共進晚餐，他看到，即使到了這把年紀，他女兒有時還是表現得像個幼小的孩子。縱然身爲老嫗，她還是經常回到童年的純眞，但是鐫刻在起點與終點之間的罪孽並未像沙灘上的波紋完全抹去。這就是爲什麼，在另一個重要的時刻，他鼓勵她、勸誡她、告訴她，要她不可忘記自己是希臘人。直到一天晚上，她提出詳細的陳述說，像她現在這樣活在女人生命之後的生命裡，他，也就是她的父親，身爲男人，根本無法想像的生命裡，她再也不知道「希臘人」這個字究竟是什麼意思。作爲一個人們使用的字眼，她對他說，它擁有它的死者，但是它不能讓任何死者起死回生。例如愛奧尼斯，或者蘇菲亞，甚至是他自己，而他曾正當的代表他的國家進行戰鬥。他悲傷地離開，再次想到女兒反覆不停地學習，最後只落得對一切感到懷疑與憤怒。然而的確他也覺得因爲眾多公義戰爭的不義受到傷害。他就是用這種方式記住它們——在一個揭竿起義的國家的燃燒沙漠裡，一粒無關緊要的沙。不過是戰爭而已。而它們就是。然而，就連這些也無法得到滿意的結果，跟上灌溉它們的鮮血的步調。隨著時間的過去，以及他人的言語，這種情況越來越清楚，就連他最純眞的女兒艾蓮妮的言語也一樣。過了一些時日，他又不上去跟她用晚餐了。這種情況僅僅發生在雅尼斯船長逐漸與生者把自己視爲不朽的特權達成和解的時候。因而可以，也許可以隨自己的意思，說明最複雜的事情，讓已經結束的任何東西永遠延續下去。如果他女兒進取的心靈不管對或錯，在它所擁有的時間裡，誠實的運作，以至於無法避免的犯了不少錯，終究不該由他來判斷。

窗口被蠟燭照亮，一塊灰白的布在已趨稀薄的黑暗裡揮舞，把船長帶回眼前的時刻。艾蓮妮遲到了，但是女人不會輕易離開她們的家，展開這種航行。她們會不計一切後果，在屋裡的每個房間走來走去，還有花園裡的每一棵樹旁，剪下一朵藍色的花當作紀念品，撫慰家裡緊張的動物，觸摸珠寶和梳子，親吻珍藏的東西，懷著對塵世事物的愛，確定下一次的會面。她遲到了，不久天將破曉。

最後，他看到她走下來。年輕，身軀柔軟，終於穿得像個新娘。

當她走近，他看到她沒有拿著花束，她的右手握著乾涸的筆刷和老舊的鉛筆。

她站在他身旁，他覺得，彷彿是他，她的父親，是她生命中第一個，也是最後一個新郎。

他揭開蕾絲的面紗，親吻她，他看到她的女兒準備好了，她很勇敢，很快樂，爲了能跟她的兒子愛奧尼斯重聚而感到高興。

然後，雅尼斯船長發出命令，要船啓航，要開始歌唱。

這就是爲什麼，「海馬號」解纜出發的時候，在斯派采島上這棟房屋的客廳裡，傳來旋律優美的歌聲。附近的一些婦女固定在天亮前起床，當男人們即將結束徹夜的捕魚而歸來，女人們的眼睛能在黑暗中看清事物，就像在白天，是她們最先看到，雅尼斯·波克拉斯船長家的大門開了。她們對這項意外的變化感到好奇，便悄悄走進這座禁止進入的花園。她們從左邊的石井旁走過，朝著這棟房子走過去，它的門也開著，在門口，她們與桃金孃和月桂花的芬芳相遇。她們顫抖著停下腳步，吸進香氣，在剛修剪過的樹叢背後，她們聞到蠟燭燃燒的氣味。然而她們遲疑了，不敢走進這棟房子，只有年邁而跛足的拉絲卡瑞娜有權悄悄地出入。最近幾個月，她在附近的貧窮婦女當中僱用了兩人，來幫忙照顧她那害病的女主人。她給她們豐厚的報酬，好讓她們閉嘴。到了夏天，首都

10550

台北市南京東路四段25號11樓

大塊文化出版股份有限公司　收

地址：

市　縣

鄉／鎮　市／區

路　街

段

巷

弄

號

樓

（請寫郵遞區號）

大塊文化 LOCUS

讀者服務卡

謝謝您購買本書！

如果您願意收到大塊最新書訊及特惠電子報：

- 請直接上大塊網站 **locus**publishing.com 加入會員，免去郵寄的麻煩！
- 如果您不方便上網，請填寫下表，亦可不定期收到大塊書訊及特價優惠！
  請郵寄或傳真 +886-2-2545-3927。
- 如果您已是大塊會員，除了變更會員資料外，即不需回函。
- 讀者服務專線：0800-322220；email: locus@locuspublishing.com

姓名：________________________ **性別**：□男　□女

出生日期：_____年_____月_____日　**聯絡電話**：________________

E-mail：____

您所購買的書名：________________________________

從何處得知本書：1.□書店 2.□網路 3.□大塊電子報 4.□報紙 5.□雜誌
6.□電視 7.□他人推薦 8.□廣播 9.□其他

您對本書的評價：

(請填代號 1.非常滿意　2.滿意　3.普通　4.不滿意　5.非常不滿意)

書名______ 內容______ 封面設計______ 版面編排______ 紙張質感_____

對我們的建議：________________________________

____

____

____

的幾個親戚也來來去去。住在當地的人很少跨越這棟房子的門檻，除了近親，或是某個陌生人，通常是來談事情的人。只有一個女人在十年前進去過，這個戴著怪異帽子的女人從雅典來。她急切地要求與女主人蓮妮見面，好讓她能寫出文章登在報上。她們又能說出什麼，所有一切或是什麼也沒有，從那時起，再也沒有人前來求見女主人蓮妮。

還有一個理由，讓這些貧窮且沒有受過教育的婦女在屋外遲疑。許多年來，當她們晚間聚集在一起，做點能坐著進行的輕鬆活兒，這種睡前工作能減輕痛苦，她們會繡出她們見過或從未見過的東西，以便打發時間。首先，她們已經有很多年沒有見過女主人蓮妮走出她的房子。有時，在過去，她墨黑的影子會塡滿樓上某一扇窗的木框，但是看起來她沒法再上樓去了，因爲她的關節炎，她的體重，以及隨著時光流逝，把女人拖到地上的上千件其他的事。因此她把自己關起來，再也沒有人看到她，彷彿這棟房屋是座監獄。有好幾次她們覺得她一定死了，然而，再一次，喀戎下馬的聲音傳入耳中，像是一聲呻吟，有時像一聲號角的呼喚，她們都聽到了。更早以前，她偶爾會走上去，進入聖愛奧尼斯教堂，從很遠的地方，她們看到她點亮蠟燭，禱告，跟神父簡短地交談。但是流言說，女主人蓮妮在年輕的時候，表現出悖離常規的行徑。不只一次，而是兩次。

第一次，她穿上長褲，第二次，也是最糟糕的一次，她被迫嫁給一個外國人。證據是，她給她的孩子的名字——一個異國姓氏。這個應該負責的男人從未在島上出現，然而，這些女人可能相信，他不但有血有肉，對女主人蓮妮也有愛情。這個外國人，他拒絕了最不容褻瀆的責任，沒有支持這個兩度獨自滋養他的種子的女人。他拒絕留下來過些時再走，他繼續往同一個方向航行，沒有戴帽子，更沒有一滴淚，流在錨或船上冰冷堅硬的甲板上。這就是爲什麼她們在這裡猜想這樁婚姻究竟是不是事實，這個男人是否眞有其人，女主人蓮妮有沒有把自己獻給這陣風，是否她曾經是女妖，或是「無名氏」，是否因爲如此，一天早晨上帝失去了耐心，帶走她的兩個孩子。

但是，這樣一個來自武器和財富的女人，爲何會用一個異國姓氏？一場錯誤的婚姻必是走上錯誤的路途，然而在開始卻是正確的，當女主人蓮妮選擇了這條路，逃離女人的種種方式。她們都這麼說，像她這樣的沒有結婚的女人，她打扮成男人，在異國漫遊，要不就是一連坐上好幾個小時，描繪赤身露體的男人，一如上帝首先創造亞當的模樣，究竟想得到什麼？這一切，看上去好像是狂熱的異國土地的作爲與魔力。但是這種錯誤的行徑在世上會遭到懲罰，眷顧萬物的神藉著這種懲罰，教導其他女人。不過，萬一女主人蓮妮已經跟艾納塔西斯．卓帕尼歐提斯神父商量好了，會發生什麼事？他必定早已屈服於她富有人情味的熱情；她必定幫助他改善匱乏問題。但是，隨著她的身體再次在這棟老屋築巢安居，她的心必定也像小鳥般拍動翅膀，飛向她祖先的信仰。然而一切都是枉然。她已經棄絕了她的信仰，切斷了這條線。

在這件事情上，至少他們找不出任何怪異的地方，關於一個女人出於自己的選擇，招致了後果，然後，她必須償還她的債，任憑上帝處分。為了另一個理由，這些漁夫的妻子每次從女主人蓮妮的房子外面走過，都會用手畫十字。盛傳這棟房屋鬧鬼，它的女主人是女巫。附近的婦女堅定地緊握住所有證據，就像她們幹活時緊握住手中的刀。她們說，這棟房子原本不是蓋來住的，而是當作倉庫，誰能說，這兒打地基的時候，是否灑了必要的公雞血。此外，它的石質內部只增加了極少的東西，無法平衡許多瞪著牆壁的人。然而，這是一種必要的平衡，為了房子的良好名聲。只有妮娜，亞納塔西斯先生的女兒，在這棟房子裡看到她的第一道光，即使在這個快樂的時刻，喀戎已悄悄爬進屋內，從床上一把攫走這位年輕的母親，一個高貴的結果，謠言這麼說。從那時起，這台打穀機按照他的命令去做，砍倒甜蜜的蘇菲亞和主人愛奧尼斯，一位畫家，女主人蓮妮獨立養育的兩個孩子，儘管是一陣邪惡的風的子嗣。她的第三個，雖然多年前他也是風一般匆匆掠過，像一個異國土地上的孩子，還不如從未存在過。藉著這個，這位母親結束了肉眼可見的女人的生命，沒入之後的不可見的生命。

從那時起，一個時代——如果不算男人的時代，至少是女人的時代——已經過去了。每天早晨，天光給她心靈的錶上發條，大多數的時候都很正確，而這些密切注意的婦女看到了她，或是沒有看到她卻心裡明白，當女主人蓮妮在閱讀或寫東西，稍微指導家裡的事情，跟神父交談，跟拉絲卡瑞娜交談，還有，最近跟一隻貓交談，她接待很少出現的親戚，她那靈巧的手偶爾會拿起鉛筆。然而，在月亮的銀色頂蓋之下，她的心盤旋降落，這個女人墜入深沉的憂傷和巫術。沒有人親眼見到她對著《聖經》發誓，如果在這種時刻，她再次採用異國的衣服與言語，或者去到其他不同的世界，但是這些婦女不需要口裡說出誓言，她們從睡在搖籃裡的年紀就知道，一個女人的動盪不安是多麼滑稽可笑。她會給她的孩子們鋪床，然後弄亂一切。她留下許多紙張、筆和墨水，以防接到訊息，無論是從男人的言詞裡，還是在那些紀錄在女主人蓮妮的那本厚厚的筆記簿裡的巫術，她一個人的時候，會帶著它出去練習。她在極長的木椅上放了一排排裝滿水的水桶，長椅從起居室牆壁的一端延伸到另一端。她重新模仿年輕時的好嗓子，她們說，這嗓音蠱惑了每一個人，甚至是這個跟她結婚的男人，有時她會用希臘文唱〈我送你一束花〉，還有〈就像藏在灰燼中的火星〉，有時唱一首外國歌，婦女們逐漸知道這首歌，卻聽不懂歌詞，她唱，「哦，我那如此美麗的祖國已經失去了！哦，同時要記得那些代價高昂和重大致命的東西。」另一些時候，她也唱家喻戶曉的聖母哀歌。

由於這一切，看上去似乎是，她的家人有時會從圍繞他們的幽暗的遺忘之水升起，跟她度過一個晚上。女主人蓮妮跟他們討論她過去一段段的生命：流逝的生命，宛如上了毒劑的標槍。或者，她對她們談到緩緩滴落的毒藥，女人在她們生命之後的生命一飲而下。雖然女主人蓮妮的房屋座落於一座大花園的盡頭，四周圍著高牆，遠離那條泥巴路，卻很靠近海洋的聲音，附近的所有人，大多是女人和小孩，在某些夜晚，會清晰的聽出一些歌曲在唱什麼，一首接一首，還有那些看不見的訪客的語音，一直到她們熟記在心，一遍又一遍的重複著，在她們晚間做家事的時候，以忘卻疲憊。然而，有些夜晚，當波濤狂暴起來，提早帶來睡眠，爲了保持清醒繼續工作，她們說出了那最令人懼怖的東西。那些沒有用文字寫下，也沒有說出口的，那個在竊竊私語中流遍整個斯派采島，再從遠方回到這裡封鎖這棟房子的事物。那個讓人們有理由說那棟房子鬧鬼的東西。也就是說，按照習俗，當給第二個孩子撿骨的時候到了，傳說女主人蓮妮夜裡獨自走出房子，徒手挖出她的兩個孩子，靠著自己抱起他們回到屋裡。一連好幾個小時，她試著用薰香，用愛的神奇春藥，用淚水，想讓她的孩子們復活，就像他們小的時候，她養育他們，靠自己把他們帶大。她的努力沒有成功。她把他們放回原來的位置，在雄雞報曉前回到這棟房子裡。沒有人看到這件事，連她的僕人拉絲卡瑞娜也沒有，她恰巧離開這棟房子幾天，不確定這件事什麼時候發生，是在這些骨頭放進藏骨甕之前，還是之後。

這些婦女沒有受過教育，她們並不知道這些細節對某種極度褻瀆的異教的東西非常重要，然而島上每個人都相信它，儘管沒有證據。此外，某些到過地球最遙遠盡頭的海員和商人證明他們看過這狀況，他們在咖啡館說，就連在附近的塞克雷德群島，那些外地人早就習慣。他們不能發誓，證明這可疑的東西是眞的，但是就像所有異教徒和不信上帝的人，外地人對於死者也有不同的作法與習俗。這些婦女當然從未出過遠門，以便了解這種事情，不過，即使是男人們的話語，有時對於說明事情也有助益，儘管它們時有不足。就他們對此事的觀點而言，雖然沒有證據，女主人蓮妮還是遠遠超越了最有智慧的人的見解與知識。她像個女妖，總有辦法逃脫，從任何一個試著去解釋她的人的身邊溜走，有時回頭，歸返昨日，有時向前，融入明日，有時上行，升入穹蒼，有時下降，沉入地獄。

拉絲卡瑞娜在門口出現，叫她們進來。這些婦女走進大門。她們向右轉，進入寬敞的客廳。她們聞到月桂花、桃金孃和香薰蠟燭的香氣，沿著長長的木椅坐下。從打開的窗口那邊，她們聽到雅尼斯下令開航，還有唱歌的聲音。她們遵照命令行事。「海馬號」解纜了，這些亞凡尼提斯的婦女開始唱她們的哀歌，懇求女主人蓮妮原諒她們這次被抓個正著，而沒有聽到他下馬的聲音，然而她父親是位船長，這就是爲什麼他從海上來。也許她擁有一段令人滿意的旅程，因爲上帝要她爲他服務；每個人都有的榮耀和順服。然而她可以確定，她以新娘身分，即將前去的地方，是個美好的所在；她或許不想逃離這最後一次的婚禮。可是，請她不要忘記，每個人走到盡頭皆須回返。她太了解這一點了。讓她的眼光再一次落到她的房子和她貧窮的鄰居身上，她們在唱關於她的哀歌，在這位女士消失無蹤，沒入紅褐鏞色的黎明之前。讓她看到，她們是多麼愛她，當她們跟她道別，讓她能祝福她們。因爲結束能讓陌生人成爲朋友和家人。因爲，就算是最有影響力的女人，當她的生命結束，出現在天使的鏡子裡的，仍是一張可憐的女人面孔。她們這些貧窮與無文的婦女，就這麼毅然決然地走進這棟房子，爲她哀悼，彷彿她是她們的血親。因爲她自己的血親爲這鏽色所阻，無一人能即時來到這裡。

這暗紅的鏽色，在三月二十日，新世紀❶的第一個三月二十日，一個星期一的破曉時分，充滿了這棟房屋的每一個房間，吞沒了花園裡所有的樹木，直到夜幕落下。那些在正午時聚集在一起的人感到驚異，與其說是爲了這個消息，還不如說爲了伴隨著這個消息出現的景象。他們當中比較有學問的認爲，或許一位畫家的離去總會引來許多色彩，他們想到另一種紅，火燄的紅，幾十年前停駐在同一棟房子上，當畫家愛奧尼斯・亞塔穆拉斯離開它時。一旦他的名字在這道鏽色的光裡響起，他那俊美的臉龐就在她們心中變得栩栩如生，他們想也不想就挪開來，空出位置讓他站在她們旁邊。他是她的兒子，在這間客廳裡爲何不能有一位大天使❷降臨？

❶新世紀：指二十世紀。

不停哀泣的這些婦女想到這紅，無論是火燄的紅還是鐵鏽的紅，像極了女人的血，有時在戰爭時流出，有時在與咯戎相愛的時候。但是她們不敢把這個想法告訴聚集在這間客廳裡的其他人，他們用壓低的聲調對發生的事情發表觀感。她們更不願意告訴當地的行政長官、警員，還有斯派采島的市長，她們覺得，這有點像揭發她們當中某一人的行蹤，這人在血海深仇的家族衝突中被查到後，藏匿在某處。這麼做甚至像艾納塔西斯神父犯了罪，她們想辦法對他吐露眞情，但他站起身來，在他們中間高聲叫喊，好讓大家都聽到，肉眼看得見與看不見的每一個，他說，前一晚，一陣西南風從埃及吹來，帶來了那條紅毯，因此他們沒有什麼好害怕的。然而，每一個人都在發抖，因爲埃及，這個出門旅行的男人們熟知的地方，以最古老和最眞實的巫術知名。此外，身爲一代又一代的水手，他們當中絕大多數人，即使在睡夢中，也在觀察風的呼吸。他們知道，那天夜裡，並沒有西南風來探訪他們。因此他們不知道，埃及爲何進入這裡，把一切轉爲灰

❷大天使：archangel，指位階較高的天使。在基督教、天主教、東正教、猶太教與祆教的傳統都提到大天使。

紅，彷彿那棟房子突然間穿上了喪服。

她們無法解釋神祕難解的東西，於是她們出了客廳，在房子裡遊走，審視它的物件，按照推測來尋找這個謎題的答案，卻只發現，女主人蓮妮隱瞞她們的是什麼樣的一種生活方式，她把自己禁閉在這棟房子裡這麼多年。以前她們沒有進來看過這房子，對她們來說，它很神祕，在任何一種情況下，她都是來自兩個富有的家族。透過鏽色的過濾，看到這名老婦平淡無奇、簡單匱乏的東西，她們覺得這房子像個寶藏，它隱藏了許多年，等待著被發現的那一天。有些人認爲，身爲找到這些東西的人，就她們的意見來說，選中適合自己的東西，作爲發現者的獎賞，這種作法相當適切。

當這些男人再次在客廳相聚，他們交談，決定了，由於這道生鏽的光，就連這些月桂和桃金孃，儘管是剛從枝上剪下來的，已開始腐爛，它們的綠轉成褐。結果，他們沒有時間可以浪費。在未來兩三天的時間裡，這裡會舉行兩項慶祝活動，天使報喜節❸的

❸天使報喜節：Annunciation，三月二十五日，爲大天使加百列向聖母瑪利亞傳報，耶穌將經由瑪利亞而降生。

宗教盛宴，還有國慶暨獨立紀念日，加上新世紀的第一項慶祝活動。爲了讓它在這段期間維持下去，這些月桂和桃金孃應該是翠綠的，因爲每一件事物都應該象徵著喜樂。每一件異質的東西，不合乎這項慶典的潔淨意義的東西，必須早早停止，最重要的是，必須儘快加以遺忘。結果，他們沒有等到女主人蓮妮的近親從雅典趕來。儘管他們已經接到消息，取來第一艘船，或許他們已經上路了。那鏽色的紅必須自地表消失，因爲它隱藏了許多無人知曉的危險。

22

一個月後的同一天，在復活節前夕的星期二早晨，亞納塔西斯・波克瑞斯和他的女兒妮娜，站在這棟房屋緊閉的大門外，還有市長、當地的行政長官和斯派呆的警員。亞納塔西斯親自打破門上鉛製的封條，以便隱瞞他對這種侮辱的憤怒，這種來自於他自己出生的島嶼上、在他的老家裡的侮辱。這棟房子，更清楚的說，是他父親波克拉斯船長建造，爲了庇護他唯一子嗣的出生，以及他年輕妻子的死亡，庇護他的外甥女蘇菲亞和她哥哥愛奧尼斯，讓他們免於毀滅，還有接踵而至的，他姐姐超過四分之一個世紀的悲慘生活。當地人彷彿並非不知道這些事。他們彷彿不知道，是他，這棟房屋的主人，這個夾在三姐妹當中出生的男子，把那古老知名的家族姓氏帶入了新世紀，如今已進入它的第一個四月。他們似乎不知道，是他徹底擁有這個姓氏，只要他活著，就要它留在世上，但是稍後他會把它放下，它也要受到審判，且在未來的歲月裡，被封鎖起來。當然，他沒有兒子，以此讓冥府鬼神息怒。他的女兒妮娜和他四歲的外孫進入了另一個男人的姓氏與財產。他往旁邊瞥了她一眼，看到妮娜至少還控制住她激動不安的情感，表現出一個適合她身分的女人的模樣。他為此感到高興。他嘆了口氣，打開大門。

他沒有直接走進去。他向在場觀看打開他房子的官員、警員致謝，因為這是必須的。同時他想到，在過去的時代，甚至不久以前，這種作法根本不會發生在一個家庭和家族的大家長身上。縱然發生了，如果有人敢向古老的家族提議，要採行封住房屋的創新舉措，以便跟上某些所謂的民事程序的腳步，這人一定會從槍砲那裡得到答覆。儘管如此，他還是彬彬有禮的提醒官員們，他們的職責已經完成了。他們拿著那份授權書，他們之前要求他，必須向他姐姐艾蓮妮唯一在世的兒子，亞歷山卓斯・亞塔穆拉斯，取得授權書，如此他才能獲准進入他自己的房子，代表他的外甥執行必須執行的事。亞納塔西斯的確沒有把握市長、地方行政長官和警員是否應該跟他一起進入這棟房子；但他不希望，而且清楚的告訴他們了。現在他走進他的房子，他們不會送他進監獄。他強迫自己不要為了這最後一刻的念頭而發火，他答應如果發生任何問題會通知他們，他的年紀和健康狀況不允許他過度亢奮。此外，身為希臘公民和社會名流，他應該服從執法人員的要求。

這三人離去了。他等待著，看著他們穿過花園，這時他突然想到，他要進入這房子，可能還眞有點問題，但是他沒有理由讓當地人起疑心。從一開始，對他來說，姐姐艾蓮妮就是一種折磨。不僅是因為她是雅尼斯船長第一個、也是最喜愛的女兒，而且年齡差距很大，也因為她不肯就這麼接受家族的權杖交給了比她小很多的弟弟，當他繼承父親的位子，從此用他自己的方式管事。他覺得她是一種折磨，因為她用她的方式過生活。究竟是什麼方式，他沒法用一個字就描述出來，而且，當他站在這棟房子外面，他想到，在屋裡，她被鉛條封住了，關了足足四分之一個世紀。這些看不見的封條，覆蓋在一段飽受折磨的過去之上，要他打破這些封條是非常困難的。無論如何，用一個字來描述它又有什麼意義，若是他的姐姐艾蓮妮從未想過她如何透過自己的生活折磨家人，由於她的一意孤行，或是別人對她的評語，讓整個家庭名聲敗壞。尤其是最後十年，他姐姐神智不清的情況似乎更頻繁，不管是出於眞實或想像的理由，他們之間的溝通變得益發艱難。他們的母親瑪麗亞去世時——艾蓮妮並沒有來跟她道別，她宣稱自己的健康狀況無法出門旅行，儘管她的身體相當好——是妮娜承擔起這件事，去跟她商議。他失去母親的女兒自願這麼做，她跟這個失去孩子的母親日趨親近，在許多年的暑假，當她到這棟房子裡住一段時間。很幸運能有這樣的事，因爲他再也無法忍受不對她發脾氣。例如，磨坊主人通知他們，有個叫安吉納拉斯的人逐步侵吞了艾蓮妮的土地，因此他們必須測量它；然而他姐姐竟然連地契都沒有，她給他們帶來了無盡的麻煩。最糟的是，就是最近，在她的瘋癲期或第二個童年，她寄給他們一份正式的授權書，上面簽的姓氏是已經失效的「克里西尼」。他斥責她，這是她應得的。他旋即感到後悔，彷彿自己是對著幽靈發出嚴厲的譴責。

他姐姐艾蓮妮甚至用她的死來折磨他，雖然很可能這次違反她本意。他和他女兒從雅典來到這裡時，儘管事先已經傳信回覆他們，到了以後卻發現，關於他姐姐喪禮的一切事宜，早就被當地民眾以令人費解的快速步調辦完了。他甚至發現自己的房子被封了，島上四處流傳著關於怪異預兆的愚蠢謠言。他成爲大家的笑柄，當他在離開的前一晚，不得不在一個親戚家裡過夜，他覺得他姐姐艾蓮妮彷彿在報復，爲了他們兩人年邁時發生的摩擦。在這棟怪異的房子裡，他無法入睡，因爲他激動不安，也因爲這些問題困擾著他。或許他被排除於喪禮之外，進不了自己房子的門，是他的宗族發出的間接訊息，顯示在他們的集體回憶裡，他們再也不接受他？但是，他究竟做了什麼，以什麼方式觸犯習俗，使得這個古老封閉的社會，儘管已經現代化，或多或少的拒棄了他？它的男性成員當中，不是只有他一人離開了，改變自己的生活，在這個時代，身邊所有事物都必須用殘酷無情的急驟腳步改換轉變的時代。或許是別的原因；例如，宣告某種災難即將落在他頭上？儘管就他所知，或許這群人懷著遲來的僞善，支持他姐姐艾蓮妮？終究，如果他把他那受傷的自我主義擺到一旁，他被排除於宗族之外，對他又有什麼實質的損害？身爲商人，他能憑著鎮靜與勇氣，計算有利與不利的條件，在他開始處理他姐姐留下的一切之後，無論是財產、文件，或是謠言。

這扇門一直開著，在三人走了以後，在亞納塔西斯．波克瑞斯心中浮現這些念頭之際，這扇門讓他在剎那間看到這條泥土路的一部分，還有在遠方，一片長著松樹的碧綠山坡。下一刻，彷彿每一種轉身往外走的變動皆屬多餘，大門打開的這條縫爲拉絲卡瑞娜的墨黑輪廓所充滿。她用那條腿所容許的最快速度走過來。她走到主人和他女兒面前，問候他們，請他們原諒她來遲了。她不住在家裡，有人告訴她，他們剛到。她跑步過來，以便趕上他們，免得他們走進這空蕩蕩的房子時，沒有人在旁邊幫忙。他們封了它以後，她就不住在這裡了。她把貓帶回自己家裡，但是牠一再逃跑，回到女主人蓮妮的花園裡。不過，牠要是餓了，就會回她那裡去，他們不必擔心。

亞納塔西斯驚訝不解的瞪著拉絲卡瑞娜，她怎麼可能認爲，一個男人，一個富有聲望的雅典生意人，會看重一隻貓的靈魂，勝過其他的一切事物？令他同樣不解的是，他發現妮娜對拉絲卡瑞娜露出含淚的微笑。他略過這些女人的愚蠢行爲，吩咐拉絲卡瑞娜先進屋去打開窗戶，讓房子的每個角落通風。他留在屋外，坐在門口的台階上，直到陳舊的空氣被驅趕出去。如果妮娜想進去，她可以進屋裡去，跟拉絲卡瑞娜在一起。

兩個女人進去了，消失在門前通道的黑暗裡，亞納塔西斯坐在台階上，從口袋裡掏出他的菸盒，拿出一枝菸，點燃它，讓他的目光四處游移。這扇打開的大門，一段泥土路，悅人的碧綠山坡。這幅景象可以作爲波克拉斯劇院一齣受歡迎的話劇的背景，他想，如果它不是在兩三年前拆掉了。它必須拆掉。已經關閉與廢棄了一段時間，到最後，它那粗重的橫樑表面上撐住了，卻讓言語和回憶腐爛。他們只須輕輕踢一下橫樑，對準這艘陸地上的船，它的主人雅尼斯船長喜歡這麼稱呼他的劇院，在朋友相聚的時候，而且，那個年代劇院四周密集喧囂的地區，將會被眾多無益的航行與回憶所覆蓋，就像灑在喪禮棺木上的玫瑰花瓣那麼多。就像他姐姐許多無益的航行與回憶，她被封在那棟陳舊的房子裡，足足有四分之一個世紀。為了模糊不清、也無法解釋的理由，近年來兩者在他心中連為一體。終於，當他獨自待在這棟房子外頭，他讓自己盡情哭泣。

這就是男人的愛，他想。他自始至終都愛著他姐姐艾蓮妮。他越是愛她，他能支撐她生活的力量越小。這生活隨著歲月流逝，他姐姐以純眞和瘋狂的天賦把這生活持續地揮霍殆盡。他並未忽視她曾遭遇許多重大的不幸。然而，近年來他若不再跟她見面，或是透過其他人跟她發生爭吵，那是為了讓他不至於一想到她就要哭泣。為了商業交易的需要，不管是男人角色要求的哪一種交易，他都得保持清楚的頭腦，展現出模範的姿態。儘管身為一個嚴肅、受過教育的男人，他不該對夢境賦予任何的重要性，但他經常想知道，在最後兩三年頻繁出現的那個夢，那個誘他進入它的謎裡面的夢，究竟有著什麼涵義。對於他二十歲妻子安妮塔的回憶，已經被對於他姐姐艾蓮妮年輕時當新娘的回憶所取代，她在佛羅倫斯的一間天主教大教堂結婚。那裡的氣氛保留著某種對於未來的允諾；

一種總是爲婚禮蠟燭所點亮的允諾，儘管眼盲了，看不見緊跟在這場婚禮後面、即將降臨的厄運。亞納塔西斯走進聖母百花大教堂，他是個年輕的男人，但是最重要的，他的步履匆忙，因爲他必須確定每一件事都會儘快發生。走進去的時候，他聽到裡面人群的話語聲，彷彿這是一個奇蹟，因爲儘管在薄紗底下艾蓮妮的面容能夠爲人所見，站在她身邊的並非一個男人，而是一個姓氏。人群加上他跟站在聖壇前的這對新人之間的距離，讓亞納塔西斯看不清這個在座所有人都沒法看清的姓氏。他奮力往前走，但是一陣令人鎮定下來的微風吹來，穿過那個古老的九月的靜默，上帝的靈穿越祂的屋宇，捲走新郎的姓氏，如同吹走院子裡鴿子落下的一片羽毛。當他被憂慮摧毀時，風琴的迴音更加響亮，因爲他沒有看清新郎的姓氏，不知道他姐姐登上的是何種語言的船，而她往後的生命將搭乘這艘船揚帆前航。他第一次做了這個夢，他想是因爲塞佛瑞歐·亞塔穆拉最近去世了，他從外甥亞歷山卓斯從那不勒斯寄來的一封信裡得知，還有一份雅典報紙刊登的、簡短而沒有署名的報導。再一次，他想，或許他姐姐的時候到了。

不久，它就來了。無論如何，這個特定的時刻把他帶向第三種詮釋，這一種有些極端，但是具有同等的可能性，甚至令人感到安慰。或許他姐姐艾蓮妮想對他說，由於她當新娘時，他是她血親當中唯一一個親吻她的人；由於她血親當中，他是唯一一個明瞭與封鎖她生命中所有祕密的人，她會酬謝他，藉著釋放他，讓他在一個女人最後的婚禮上不用再擔負支持她的悲傷責任。因爲男人的循環通常無法忍受見到一個女人經歷這兩種時刻。它可能會破碎，遭到毀滅。

胡說八道，他嘶喊，在身旁的台階上按熄菸頭。在事情發生的過程中，偏離了常規，他繼續對自己說，由於每個家庭都無法避免的摩擦和憾恨而造成。他曾經凝視安妮塔，他那年輕的新娘，後來成爲喀戎的新婦。他忍受了。胡說八道，他再說一次，偏離了理智是跨不過新世紀的門檻的。

他從台階上拿起菸盒，放進口袋。他再次凝視前方。天光漸亮，泥土路和山坡因而漸趨晦黯。

23

拉絲卡瑞娜打開樓上開向陸地的幾扇窗，但她沒有看到綠色的山坡，也沒有看到，在遠處，在左方，島上最古老的村落，卡斯特利。不該歸咎於晨光，而是這四周的世界全是她的，甚至早在她有記憶之前。她很少站在這裡，面對它，看著它，就像她會瞪著一頂不尋常的女人的帽子，或是瞪著一個陌生人。今天還要加上一點，外面的世界徹底消失了，當她再一次進入她的家。因爲她很確定，它有一部分屬於她，儘管她的名字沒有寫在相關的文件上，因爲她在這棟房子裡住了二十年，僅次於她那親愛的女主人。她的女主人會不會顯現一個預兆讓她看到？她必須小心，當她跟新的女主人妮娜說話的時候，現在妮娜成了這棟房子的女主人，而她，身爲忠心耿耿的僕人，必須把所有的鑰匙交給她。

因此，她們一走進屋裡，拉絲卡瑞娜就不停的跟妮娜說話。在她喋喋不休的語句的空檔之中，當她們走上樓梯，妮娜想，她聽到外面傳來她父親的聲音。她的身軀往前靠，從拉絲卡瑞娜不久前打開的窗戶外面張望。他獨自一人，並沒有在跟人說話。他默默按熄菸頭。然後，他從台階上拿起他的純金菸盒，上面雕刻著繁複精緻的圖案，以及十二顆藍寶石，圍繞成宛如十二個珍貴藍點的、時鐘般的圓，這是里佛納的羅多卡納基斯家族送給他們女婿的結婚禮物，他把菸盒放到口袋裡。妮娜不知道，她父親爲何帶著它來到這裡，因爲他通常只在穿燕尾服或覲見國王王后的時候，才會把它帶在身上。他依舊坐在台階上，抬起頭凝視遠方。妮娜也抬起頭，瞭望同樣的方向，她看到黯淡的山坡和松林黯淡的綠。她閉上眼，深深的呼吸。張開眼睛的時候，她注意到身旁的百葉窗。她的個性與她父親一樣實際，她想，它們朽壞的多麼厲害！只要一陣極輕微的微風，它們就會不停地敲打牆壁，恰好打在先前不斷撞擊的那一點上，在灰泥牆上挖出一個缺口，可以看到底下的石頭。他們必須除掉這個，如今他們終於能裝修這棟房子了。因此她丈夫堅持要整修它，裝潢它，這樣他們就能更頻繁的來到這裡，在此接待朋友，在過去幾年當中，這個島出現了令人愉悅的第二個全盛時期，吸引希臘名流與外國觀光客前來。他已經派給她一個任務，要她在雅典的商店裡尋找嶄新與奢華的家用品。她父親腦中只想著一件事，就是他應不應該買下附近的土地，以便擴建花園，他會僱用當地的工匠來執行整修的工程。第三個男人，她的兒子，妮娜想著，露出了笑容，快滿四歲了，爲此這一切的辛勞將不會白費。

由於她的腿，她的動作緩慢，還有無法阻擋的喋喋不休，拉絲卡瑞娜終於打開這幾扇瞭望大海的窗戶。妮娜感到驚異，這一天她覺得對岸的安戈里德地區看起來是多麼靠近這裡，彷彿這棟房屋靠這邊的燈光，揭開了，臨到了對面的陸地，在房子的另一邊，這燈光覆蓋島上離海較遠的內陸地區，讓它顯得遙遠。妮娜能淸晰的辨識出這小徑，這樹幹，這海灣，這神話裡的、繁花盛放的土地的友情。她所看到的眼前的一切是如此通透，讓她想逃離片刻，以便拯救自己，擺脫那天早晨拉絲卡瑞娜毫不停息的絮叨。她一直很喜歡拉絲卡瑞娜，但是今天她認不出她來了，突然間，這個平日沉默的女人的舌頭，從她黑暗的果園裡收割了豐盛的果實：在外面，就在一個月之前，在破曉即將來臨的時刻，雅尼斯船長來了，讓他的威武勇猛的「海馬號」下了錨，有著三個桅杆和十六尊大砲，用艾蓮妮應得的榮耀帶走她。在那裡，拉絲卡瑞娜親眼見到，艾蓮妮以新娘的身分，從自己身軀的囚牢裡冒出來。在那些歲月裡，她的眼看到的東西不止這些，當她在這棟房子裡工作的時候，她補充說。她僅僅是假裝她累了，拖著她的跛足，說要去睡覺。她滿心好奇，作出不適當的舉動。她從鑰匙孔裡偷窺客廳，把耳朵貼在緊閉的門上。什麼也沒看到，她向女主人妮娜坦承，這些暗影保護自己，讓她無法看清。無論如何，她又有什麼本領來盯著它們看？她看到女主人蓮妮回來了，坐在那裡，她聽到她歡欣鼓舞，跟她所愛的人說話。有時她甚至用她嘶啞的嗓子對著他們唱歌。於是她也一樣，儘管窮困，歡欣鼓舞著，她是女主人的僕人，喜悅與憂傷她都跟隨。她相信，女主人所愛的人變得有血有肉，從女主人蓮妮充滿力量的心靈裡，得到了言語的恩賜。一個女人的愛就是這樣的，她補充說，死者活在生者身畔。讓其他人談論巫術吧。這不是巫術，而是女人傳承下來的愛的方式。一個奇蹟。但是，要讓奇蹟保有神聖性，它就得沉默不語。她謙卑的自我持續保有虔敬的緘默，不披露女主人蓮妮可能是快樂的。直到現在，她從未提起，對女主人蓮妮，對女主人妮娜，或是對蜚短流長的街巷。無論如何，附近的婦女們怎會了解？而她，多年來服侍女主人蓮妮，第一手察覺到這個奇蹟，這苦難的香膏。

因此她可以說，在承受的苦難裡，女主人蓮妮並不是例外，同樣受制於命定的規則——在一個女人的愛裡，死者要活在生者身畔。在這種時刻，其他一切全都沒有意義。她學會的所有歌曲，無用的服裝，而後這把無堅不摧的刀刃砍倒她的兩個孩子，過早把她推入生命之後的生命裡。

拉絲卡瑞娜突然停下來，不再說話，用她柔軟的手擦拭桌面。然後，她抬起手，驚訝地瞪著它。妮娜不再爲了她而留在這裡。不久前妮娜悄悄遁走，避開這個僕人的嘮叨不休。當安戈里德的念頭證實無效，另一個具有解救意味的想法閃過妮娜心頭。現在她無可置疑的是這棟房屋裡的女主人了，一定要有邏輯和秩序。她必須清點存貨，一樣一樣檢視她姑姑的財產，立刻決定如何處置它們。在巴黎，亞歷山卓斯期待得到從售出某種東西——主要是愛奧尼斯的小幅作品——得來的收益，因爲艾蓮妮的少數幾幅鉛筆和墨水筆素描很可能找不到買主。無論如何，她姑姑很可能在最近畫了這幅小小的藍色和紫紅色的水彩畫。此外，她寫下這幅畫的名字，「斯派采的房屋的靈」，寫在畫中的小丑下方，小丑在空中奔跑，穿著中世紀的服裝，帶著匕首，戴著面具，張開臂膀和雙腿，使得他的斗篷在空中飄動。她已經知道要怎麼處置這個。即使她的表兄只見過他母親一回。他仍是她的血親，而法律支持血緣關係，儘管它並不總是符合人生的眞相。事實上，她已經聽說，亞歷山卓斯很怕他母親，當他初次在這棟濱海的房子裡跟她見面。她表兄在他們位於雅典的家中暫住時，她不過五歲，如今她只能憶起，或是想像，亞歷山卓斯的模糊輪廓，而非他的感受。從那時開始，他從沒有再一次來到希臘。對於艾蓮妮的恐懼征服了他，當他還是男孩的時候，他看她的眼光，讓他在成爲男人以後，無法得到必要的宣洩。儘管艾蓮妮姑姑說，他不時給他母親寫信，她覺得這些也逐漸成爲鬼魅幽靈。

她打開一個巨大、刻有花紋的箱子，裡面裝著許多筆記本，還有寫了字的零散紙張，她不知道她姑姑把數量甚豐的信函收在哪裡，因爲，在她獨居的日子裡，她喜歡寫信，尤其喜歡收到來自世界各地的信件。然後，她打開一個實際上已被鹽分和濕氣摧毀的床頭櫃的抽屜，看到了一本很大的練習簿。翻開練習簿，她發現，她的姑姑，身爲她那個時代的有教養的女性，在這本簿子裡收集與記錄了各種咒文、巫術與符咒。妮娜看了一眼，全身顫抖，她覺得受到魅惑，由於生著六隻白腳趾的烏鴉、復活節的枝形大燭臺、月亮的最後一個星期六、巢裡的燕子、鴉片、芸香、曼德拉草❹、蜘蛛、宰殺的蝙蝠、野兔的心臟、螞蟻窩、大理石碗、砍壞的十字架、寫有幽靈名字的紙、一顆掩埋的光禿禿的貓的頭顱，上面灑著苜蓿草。她姑姑得到了領悟，當然不會相信這一切隱晦的無知，儘管擁有這本書似乎給了她女巫的名聲。這件事很早以前就傳到她父親耳中，他試著取笑這些傳言，但是在他心中，他感到辛酸，爲了第無數次傳來的關於他姐姐的流言。很自然的，連妮娜也不相信所有的傳聞，當她逐漸與她姑姑親近，藉著每年夏天在那棟房子裡住上幾天。只要她姑姑艾蓮妮願意，她的大腦就能精確地運作。就像她父親說的，還有傻笑、固執、孩子氣、恐懼和老人的慮病症❺加在一起。妮娜闔上練習簿，她不知道爲何這麼多年以來，她一直沒有猜想到，此刻她開始去猜想的東西。也就是說，她父親和他姐姐顯然共同保有一個祕密，未曾坦白承認，而且不適當，對他們的後代明言，無論如何，這個祕密讓他們緊緊連在一起，好讓他們各自用自己的方式進行反叛。她想，或許她不應該向她父親提起，這個裝著筆記本的箱子，艾蓮妮在本子上隨意寫下許多文

❹曼德拉草：mandrake，從遠古時代直到中世紀，曼德拉草的根莖常被雕刻成人型，供跳大神的巫婆和神職人員作道具，用來施法術和舉行宗教儀式。

❺慮病症：hypochondria，症狀爲過度擔心自己有病。

句，這些文章的內容，跟這本有咒文和符咒的練習簿尤其沒有關係，如此過一陣子，他們在平靜的氣氛下閱讀這些筆記時，這些筆記就能幫助她解開謎題，讓她明白是什麼東西讓這對姐弟如此深刻的結合與分裂。她不應為其他的一切賦予任何重要性。這一切都跟拉絲卡瑞娜的喋喋不休有關，而她已有一段時間沒說話了。妮娜轉過身去看看是什麼原因造成的。

拉絲卡瑞娜沉默地等待，等女主人妮娜看完自己發現的練習簿。拉絲卡瑞娜了解，憑著繼任者的權利，妮娜可以隨意宣告那棟房子裡的可見與不可見的事究竟是怎麼回事，她已經閱行了一整個循環，直到她的目光再次轉向拉絲卡瑞娜。她直接把握住這個機會，在妮娜展開新的循環之前，這循環是為了向她宣告，她前任的女主人留下了這些要求：那就是，拉絲卡瑞娜應該得到艾蓮妮所有的衣服和珠寶，還有過去五年積欠的薪資。斯派采島的市長可在這房子裡找到的一幅繪畫大師愛奧尼斯畫的油畫作為一樣禮物，封起這棟房子之前，市長已經拿走了，其他人在那裡遊蕩的時候也各自取了些東西走，或許就是因為這個，才必須把房子封了。她的親戚必須照看它，因為有些人欠她一大筆錢。她在臥室留下不少錢，還有一張紙條，要求把這些錢全用在喪禮上。艾納塔西斯神父拿走了錢，來照管必須做的事。他最可能做的是懇求上帝施予豐厚的憐憫，籠罩她騷亂不安的靈魂將要經歷的旅程。上帝顯然聽到了，因爲在破曉時分，他送來一條紅斗篷，包覆這艘船，當它啓航，駛進黎明的颯爽。事實上，這斗篷覆蓋了整棟房子和四周的花園，就像一顆紅色星星射下的光芒包覆了上帝的誕生。一個謎，人們一穿過大門走進來，就這麼說了，當他們還在花園裡，進入那道光之中。如同魚兒被這張血腥的網捕獲，每個人都被自己的罪捕獲，他們走進各個房間，在這棟房子裡漫遊，尋找原因。沒有找到。然後，他們走出來，急切地封鎖它。他們都說這紅是鐵鏽的顏色，儘管今天，正好在一個月之後，她，拉絲卡瑞娜，這個忠誠的僕人發誓，這紅是胭脂的顏色。

拉絲卡瑞娜走下樓梯，來到一樓的房間裡，這裡比較靠近地面，以便能聽到這聲音，她懇求妮娜拿手擦過樓梯的欄杆，再告訴她看到了什麼景象。妮娜有些不安，用指尖輕輕地觸碰光滑的木頭欄杆。灰塵，只有灰塵，她幾乎是生氣的說。妮娜用一條白色細麻布手帕擦拭手指，她不知道這個瘋狂的老婦人期待她看到什麼。她快步走完其餘的階梯，到屋外去呼吸新鮮空氣。她坐在台階上，在她父親身旁。新世紀的第一個四月攝下了他們坐在台階上的影像，沉默，沒有防衛，兩個雅典來的希臘人。無情的春天的陽光迫使女兒的手去尋找父親的手。他們就這樣坐在那裡，心裡想著，他們不應該浪費時間，應該即刻離去。但是在離去之前，他們必須用各種方法征服這棟房屋。

現在拉絲卡瑞娜必須靠自己了，她打開所有剩下的窗戶，開始整理。她知道，這個關於火的決定已經作出來了。她立刻猜到了，當她領悟到，這佈滿著房子裡裡外外的紅色鐵鏽，來自那昂貴胭脂的古老重負，雅尼斯・波克拉斯船長從美洲帶回來，帶到這棟當時做為倉庫的房子裡，在獨立戰爭爆發的前夕。他們是這麼說的，這些胭脂一直沒有賣掉，一座紅色的小山，堆在廚房旁邊的小房間裡，在人們揭竿起義之後。船長登上了他的「海馬號」，打了許多年的仗，忽略了他的生意。這胭脂逐漸腐壞，在地面的馬爾他磁磚上，泥土把它吸了下去，在縫☆隙與房子的地基之間。它看起來雖然消失了，但它永遠在這棟房子底下沉睡。儘管從來沒有見過它，她自己一直認為她會比女主人蓮妮更早看見它，因為蓮妮總是說，它是她父親寬宏大量的例證。這古老的灰塵升起了，來跟蓮妮說再見，她年紀小的時候，曾在這堆胭脂旁邊玩耍，學習關於紅色的事，學習她在繪畫這方面的第一堂課。在這棟房子關閉與封掉的一個月中，胭脂的塵灰覆蓋與安慰了女主人蓮妮少數幾件簡陋的傢俱，它們不再接受一個女人的眼、手與談話，也不再用它如今已是毫無用處的陪伴來還報她。新的女主人看不到，甚至也想像不出，這胭脂的嫣紅。然而她，拉絲卡瑞娜，今日了悟，這就是女主人蓮妮出發時，包覆這房子的那片紅。

關於火的這項決定已經做好了，儘管這人還不知道，自己將要執行宣判與處決。

24

兩天後，大約在聖週四❻的中午，橘紅色的柏樹從女主人蓮妮的花園四周牆頭冒出來。附近的婦女和小孩數算著，這是她的房子第三度披上紅色了：一次是爲了她兒子愛奧尼斯，一次爲了艾蓮妮，現在是第三次，儘管還不知道爲了誰。然而其他人說，這些不過是火燄，他們可以起誓說，它們是存在的。至於那陣鏽色的露水，一個月前某些人說，他們看到落在這房子和花園上的，不過是三月的薄霧，消融後不留一絲痕跡。當時

❻聖週四：Holy Thursday，指復活節前一週的星期四，這一週稱爲聖週（Holy Week），聖週的星期四是爲了紀念耶穌與十二門徒的最後晚餐。

宣稱看到它的人，現在大多遺忘它了，就像人們忘記大自然的特異景象。這些成年男人，不管在咖啡屋裡還是屋外，做生意的還是跑海的，沒有一人想到這裡發生的怪事，大部分是女人在傳播流言，推測很久以前，在五月的一個夜晚，波克拉斯船長的房子裡發生了一場火災，如同航道之間的燈塔一般明亮。許多年前，即使這件事發生了，也一定是那些不習慣海洋的人的幻覺。僅此而已。所以，這是船長的房子唯一一次眞正點燃的火。由於在一年中的這個時間，由於鏽色柏樹般的巨大火燄，豎立在花園的另一邊，他們一定是在柴堆上焚燒猶大，就像在那些日子裡，他們每年都習慣這麼作。然而，每個人都覺得困惑，不了解他們怎麼可能焚燒這個毋庸置疑的罪人、猶太教徒，還有叛徒，在那天晚上他被審判之前，在四福音書的十二篇文章裡，在遭到背叛的耶穌被釘上十字架與埋進墳墓之前。每一年他們都得重新經歷這個過程，在加略人猶大被忠誠的信徒放到火燄上之前。人們因爲神聖不可侵犯的習俗與慣性的違犯行徑而感到驚恐，他們開始提出問題，婦女們走向這扇鎖上的大門，想知道發生了什麼事。

他們發現，這棟房子的窗戶打開通風，他的女兒妮娜和他姐姐的僕人拉絲卡瑞娜走到屋外之後，亞納塔西斯・波克瑞斯立刻獨自走進這棟房子，再看它一次，他有許多年沒有踏進這房子一步了。他走進去，大吃一驚。他的心幾乎停止了跳動。他看到的這一切是什麼？他姐姐如何在這裡度過二十五年？因爲，除了寥寥幾件由於海鹽和濕氣而扭曲變形的傢俱，他看到好幾噸零散紙張四處飄散，淹沒了房間、樓梯和起居室。這兩個女人走出來的時候，爲什麼不警告他，他將要面對什麼？一點提示，不是來自去年或前年，而是來自上一個世紀的後半段，似乎是來自那個時刻，當他那被拋棄的姐姐讓她自己拋棄了這張夫妻的雙人床，不名譽地回到故鄉。就連他，習於當個生意人，以精確和極度的自在盤算的時候，也沒有料到這棟房子已被如許之多的紙張覆沒。

他用拐杖的銀質尖頭隨意戳刺一堆紙張，他看到，他姐姐閱讀，一再地閱讀人們寫下的字句，來自希臘和西方的各個角落，還有一些不知名的地域。毫無疑問，在這片信箋的海洋的某處，躺臥著他的信，在難以置信的久遠之前從馬賽寫給她，催促她必要而沒有意義的婚姻，在他爲了同一個理由趕赴佛羅倫斯之前。顯然此刻不是他尋找自己的信件的適當時機，跟其他信函一樣的必要而沒有意義，它們充滿了這棟房子，無論是誰，從哪裡，於何時寫來。這些信件只是一個東西——是許多星星，在一個女人最黑暗的夜晚，他嘆了口氣，由於一種無意識的溫柔而有些忘形。但是他姐姐爲何留下她收到的兩三種語言的報紙和雜誌？她住在位於斯派采島的偏遠房屋裡，在最後的二十五年中，這段時間大約相當於她遠離城市和其他地域的時間，在這些地域，事件一發生，就會在報紙上登出來。究竟是爲了什麼樣不明顯、不可遏抑的理由，使她長期關心一些拒絕她的城市與地域，這些地方，她不是不能回去，就是再也不想回去了，還是，她根本就沒有去過這些地方？然而，就像她什麼也沒拋棄，同樣的，她什麼都想明瞭：地理、政治、重要的人物與事件、每一種科學進展。彷彿她乘著心中的「海馬號」出航，不停裝上貨物，後來證明沒有用處的字句的貨物，以便把它們堆在這棟房子的中央。無用的堆疊，就像那堆昂貴的胭脂，他聽說他那航海的父親有一次從美洲帶回來的，就堆在同一片地板上，由於戰爭，它腐爛了，一直沒賣出去。他沒有親眼見過那堆嫣紅的東西，如他此刻用自己的雙眼當場看到這一堆堆的信函、報紙和雜誌。這些飛舞的東西之中，還有幾張寫了字的紙，他用拐杖把它們勾出來，它們看起來像是殘留的紙張，或是混在沒有被發現的紮好的紙堆中，逃過了某些人的眼。他發現，它們是艾蓮妮的散頁筆記。毫無疑問，所有字句當中，就屬這些最沒有意義，他想，一個繁複心靈發出的深沉而引起迴響的聲音，散開來，消失於黑暗的深淵。這兩個女人應不應該打開窗，讓房子通風？從這堆混亂的紙張中，升起一股惡臭，或許來自過往事件的腐壞，或許來自含有鹽分的濕氣，或許來自所有的淚水，這些淚留在他姐姐艾蓮妮的紙的界域裡。

亞納塔西斯在這些房間裡慢慢踱步，他的眼睛看到的瘋狂景象，讓他有所警覺。他必須戰勝它，如果他想再次把他的財產稱爲自己的東西。那天的傍晚時分，他開始懷疑，他姐姐是否眞的以這種方式住在這裡，迷失在紙的海洋裡，或者，是否有個人，甚至一個妖精，潛入他的房子，撒了滿地的紙，以便在他抵達這裡以後，立刻打發他。這兩個女人，既然她們把所有的窗戶都打開，看到這些紙張，爲何不將它們掃到一個角落，就像她們該做的那樣，甚至完全沒對他提起這混亂的情況？他想，或許這兩個女人，由於害怕他，不想在那天早晨再令他不悅，在打破這棟房子的封條之後。他不知道她們兩個此刻在哪裡，從這天早晨，她們走出這棟房子，而他走了進去以後，他就沒再看到她們。薄暮晚鐘一響，妮娜就會直接到走向教堂，傾聽關於「這個陷入重大罪惡的女人」❼的

❼ the woman fallen into great sin，《聖經》中著名的處罰妓女的故事。一個村子的人按照風俗，大家準備投擲石頭，想處死一個德行敗壞的妓女，村人開始向她丟石塊時，耶穌經過這裡說，只有沒有罪過的人，才能用石頭丟她。

課程。拉絲卡瑞娜現在可能也在那裡，因爲那天晚上所有婦女突然記起她們的命運，不管有沒有犯罪，都趕緊前去哀求說：「接受我淚水的噴泉。屈服於我心靈的呻吟。」如此這般，反覆不息。

當他想到這聖潔的妓女，亞納塔西斯記起了最重要的事。那就是，他搜尋了好幾個小時，只找到了那些僅僅屬於她的，還有，恕他直言，罪惡的紙張和文件。由於他的煩亂，或者他的年紀，他的心思游移，並未以需要的速度與清明立刻開始運作。在某個地方，它們全躲藏在一起，因爲他姐姐艾蓮妮從來沒有丟棄任何東西。如今，他得到了必要的清明，他想起很久以前，他們在雅典的一段談話，當他當起這個家庭的領導人。他建議她銷毀那些讓她牽連入罪的文件。艾蓮妮反駁說，她會留著它們，它們是一段人生的珍貴證據，放在一個巨大的信封裡。然而她同意，不拿給任何人看，絕對不跟人談到它們的內容。亞納塔西斯此刻必須找到這些文件，必須在他的獨生女讀到它們之前，尤其要在她丈夫讀到之前，在他們的家庭被毀掉之前。他瘋狂的尋找它們，再也不受腳下一堆堆紙張的干擾，彷彿這些紙張被施了魔法，就此消失。爲了找到它們，他會拆掉這棟房子，直到地基，因爲只要它們的內容爲人所知，這房子就會遭到拆除的命運。

妮娜從教堂裡回來了，他們用過晚餐，他繼續尋找，把她的問題留在沒有得到解答的事情上。他上床睡覺，第二天早晨，他頭腦清晰，再次展開搜尋。他整天都待在這棟房子裡。星期三的中午，拉絲卡瑞娜來了，按照復活節的傳統爲他們準備不加橄欖油的齋戒素食。在餐桌上，妮娜對他宣布，她決定要清理姑姑艾蓮妮留下的一切。所有的書籍，希臘文的、法文的、義大利文的，還有英文的，都暫時不動，因爲運走不易，賣掉也不划算；不過，看過清單以後，要是亞歷山卓斯想留著它們，他們會在方便的時候把書籍寄給他。至於她姑姑那些沒有價值、難以描述的物件，包括鵝卵石、貝殼、乾燥的種子、老舊的釘子，還有各種以不當手段取得的東西，他們會把這些東西撒到海裡，無論吹的是東南西北風，當帶著他們回家的那艘船駛往開闊的海面。他們必須注意愛奧尼斯那幅巨大昂貴的油畫到哪裡去了，它應該是被市長拿走，當作一個禮物，遵照艾蓮妮的心願，拉絲卡瑞娜是這麼說的，她澄清，不是她給他的，而是那天早晨他自己取走的，在這棟房子被封之前。拉絲卡瑞娜將會得到她姑姑的衣服和假珠寶，那是她姑姑答應要給她的。至於畫作，她姑姑的幾幅鉛筆和墨水筆素描，這張藍色和紫紅色的水彩畫，有著小丑，寫著名爲「斯派朵的房屋的靈」這幅畫，兩本她住在義大利的時期完成的習作畫本，以及幾座小型石膏雕像，並非沒有絲毫商業價值，然而充滿了多愁善感的價值，這些東西目前先擺在房子裡。過一陣子，她或許會把她姑姑的這些畫作帶到雅典，把它們放在那四幅古老的油畫旁邊，一個過去的畫家的作品，艾蓮妮・亞塔穆拉畫的，爲這個家庭所擁有。她緩慢而穩定地恢復神智，拿定這個主張，她補充，她姑姑曾是一位傑出的畫家。她認爲，在她的青年時代，也是一位了不起的女性，但是她不敢向她父親坦承這一點。她繼續說，她祖父雅尼斯・波克拉斯這只出色的死亡面具，目前先留在他建造的這棟房子裡。然而，這房子裡所有愛奧尼斯的作品，素描和小幅畫作，由於雅典有很多人要買，將被小心的裝入小箱子，送到首都去賣掉，好讓他們能把亞歷山卓斯應得的一份金錢寄給他。此外，他們回到雅典後，必須立刻打開伊利索斯河畔的磨坊中，那個緊閉房間的門，鑰匙爲年邁的磨坊主人和他的女兒瑪利雅所持有，好讓他們能照看艾蓮妮和愛奧尼斯存放在那裡的畫作。她姑姑常常對她說，有許多重要的作品鎖在那裡，她已有許多年沒看過它們，幾乎忘了它們的存在。考慮到這房子裡的其他東西，妮娜說，她已快要說完她的看法，讓她父親決定該怎麼處置這房子，無論如何，這個家裡姓波克拉斯的人，只剩下他一個了。然而，有件事她一直瞞著他，就是她發現了一個盒子，裡面裝滿寫有他姐姐凌亂字跡的筆記，最重要的是，那本寫著咒語和巫術的筆記簿。昨天黃昏，她全神貫注的傾聽卡西亞聖歌❽的懺悔的歌詞時，得到一個結論，就是這次的繼承，無論繼承到的是權力還是愚蠢，都應該由女人傳下去給女人，且要跟男人相應的權力和愚蠢保持距離。

亞納塔西斯・波克瑞斯的心思放在別的地方，實際上他完全把女兒列舉的事項聽進去。僅僅在最後，他才了解妮娜在裝腔作勢。他所需要的就是這個。他假裝沒聽懂，從餐桌前站起來。很自然的，他沒有等著得到女兒的許可，就作出自己的決定，當他在黃昏時發現了他的寶藏。不管怎麼樣，男人能支配這種事，他想。他在一個很大、封得很緊密的信封裡，找到他一直在尋找的文件。他拿起來，走進他的房間，把自己鎖在裡面。妮娜那天晚上從教堂回來時，他拒絕下樓來一起吃簡單的晚餐，他說他不餓，想早點上床。稍後他女兒上樓來，走進她的房間，熄了燈以後，他才能不受打擾，重新閱讀裝在小箱子裡的文件。他必須把它們背下來，因爲他，這祖傳家系的最後一個男丁，對於相

❽卡西亞聖歌：Kassiani hymn，拜占庭帝國時代希臘的東正教聖歌，爲卡西亞（Kassia）所作。

關事件擁有第一手知識的最後一人，對這件事擁有最後的裁定權。他在閱讀它們的時候領悟到，過去五十年中，由於社會的改變，由於過往夢想的失落，青春年華的失落，也由於這些災禍，它們顛覆了一個如今看來遙遠的時代所給予的允諾，這些記錄下來的事件，在新世紀射出的曙光之下，似乎帶有更多的罪惡感。在這麼多年以前，它們竟然發生在同一個家庭裡的一個人身上，這真是一件令人無法置信的事：他姐姐產下兩名私生子；愛奧尼斯在嬰兒時期使用他母親娘家的完整姓氏，以「喬凡尼・瑪麗亞・克里西尼」的名字完成出生登記；他那自尊心很強的姐姐艾蓮妮被迫在感到羞辱的情況下，背棄自己的信仰，好讓她能夠結婚；跟她多年的情人和她孩子的爸爸在一起，她走進一個宛如鬧劇的婚姻；在這個婚姻和兩個私生子獲得承認之後——這一切發生不久後，她就被拋棄了，在一個懸而未決的婚姻裡，被她的丈夫棄若敝屣。跟這些文件放在一起的，還有相關的畢業證書、在學證明，以及證明他姐姐曾經與這個惡魔共同漫遊的其他文件。這惡魔在她心中，帶給她如此艱困的厄運。他親眼見到的這些事是否真的發生了？還是他在作夢，夢到了另一個過往，夢到了「無名氏」？

第二天晚上，他只睡了一會兒。到了聖週四的早晨，他決定：經由火燄帶來死亡。

這項懲罰當下抹去所有的線索，一勞永逸，讓背叛、罪惡和巫術從此人間蒸發，再也不留痕跡。

天氣很好。他呼喚拉絲卡瑞娜前來，對她說，在妮娜的堅持之下，要她把所有的雜誌和報紙，在花園的一個空曠地點堆成一堆，一個沒有樹木，風也吹不到的地方。所有的信箋一律放在最上頭，他補充說，他驚懼的想，也許有一份小小的關於這些事情的文件，他判定必須抹去的，放在某一封很久以前的信件裡而得以倖免。他親自把這個能讓她牽連入罪的信封放在最頂上。他用一根點燃的小樹枝，先燒著這個信封，然後在紙堆的各個側面與基部點起火苗。他搧風讓火燄增大，要她們拿張椅子來，讓他就近觀看，仔細監督。他坐下來，打開純金的菸盒，取出一枝菸，用他的打火石點燃它。儘管火燄產生的黑煙並未蔓延到他面前，他仍感覺眼睛濕潤。一個字又一個字，他回想自己背下的字句，在他殺死它們之前。沒有寫下來，沒有流傳下去，它們的回憶將跟著他一起埋葬，這是喪禮的禮物，將會伴著波克拉斯家的最後一人入土。他必須殺死它們，因為宣告無罪通常建立在鮮血之上。由於這個緣故，他會為他姐姐贖罪，讓她變得純潔，不管一個女人的靈魂還得經歷什麼樣的旅程，他都會幫助她啓航。也不管支付這種家庭的債，要讓一個男人的生命與思想付出什麼樣的代價。

那天下午，有一艘船開往比雷埃夫斯。妮娜和他會趕上，儘快回家準備復活節的慶祝事宜。儘管今年他們只是簡單地慶祝一下，他們還是沒有太多時間來準備。三天之內，死者將要重新起身。今年，新世紀第一個復活節的慶祝活動，他希望，在二十多年以後，對他來說，這段時間就像二十個世紀，艾蓮妮會來到這裡，坐在全家歡慶的餐桌前，再一次被人們宣告無罪。

25

她來了，坐在他身旁。她沒有吃，沒有喝，也沒有說話，當耶穌復活的潔白蠟燭，於深深的水晶瓶裡如花束般擺放，點亮在節慶的餐桌上。然而，當晚餐即將結束，就在聖潔的蠟燭燃盡之前，她的身軀前傾，在她弟弟耳邊低聲地說，他費了這麼大的工夫，想藉著火令她變得純潔，這一切很可能都是枉然。她向他透露，用暴力抹除的每一樣東西，從來沒有徹底的失落。此外，一個女人的愛將永遠如是。她感受到生者身畔的死者。一個奇蹟，一種肉眼不可見、柔嫩纖弱、永不停息的復活的奇蹟。

妮娜朝著蠟燭俯下身去。沒有人知道，她是否聽到了，但是艾蓮妮，或是「無名氏」，剛好有時間說，這份愛是她被認可、被授予的唯一的復活，一顆她的火燄形成的苦澀杏仁，扭絞盤旋，化爲一縷微弱黯淡的輕煙。

謝辭

我要向艾蓮妮·亞塔穆拉－波克拉（Eleni Altamura-boukoura）的後人毛莉·皮尼雅托羅（Molly Piniatorou）和萊拉·萊雅皮（Lila Liapi）致謝。過去四年中，她們多次讓我研究她們的家庭檔案，還讓我看到許多畫作、老照片，以及斯派采島的房子。我要謝謝她們，因爲她們總是誠懇友善地接待我。我還想感謝愛歐塔·克萊瓦瑞圖（Iota Kravaritou）和妮基·康尼奧多（Niki Koniordou），她們慷慨提供了她們當時尚未出版、關於在佛羅倫斯的某些檔案的新發現，這些檔案與希臘第一位女畫家在當地的生活有關；還要感謝瑪莉·帕納吉托普羅（Mary Panagiotopoulou），她提供一封未出版的寫給艾蓮妮·亞塔穆拉的英文信，這封信是希爾學院（Hill School）的檔案；還有亞歷克希斯·波里提斯（Alexis Politis），他爲了我，費很大的工夫去探查一首歌的起源，這首歌跟艾蓮妮·亞塔穆拉的一生連結在一起；還有馬力歐·維帝（Mario Vitti），他寄給我一份在義大利經過廣泛調查後針對畫家塞佛瑞歐·亞塔穆拉所寫的研究摘要；還有尼爾森·摩爾（Nelson Moe），他提供來自紐約哥倫比亞大學圖書館（Library of New York's Columbia University）關於色塊畫派的畫家的豐富資訊，尤其是塞佛瑞歐·亞塔穆拉自傳的一個版本，愛歐塔·克萊瓦瑞圖稍後友好的在佛羅倫斯爲我提供其他詳細的版本；還有艾蓮妮·凱普萊歐（Eleni Kypraiou），她提供自己收集的關於愛奧尼斯·亞塔穆拉的資料；還有瑪麗娜·蘭布萊基－普拉卡（Marina Lambraki-Plaka）與馬瑞里娜·卡西瑪悌（Marilena Kassimati），我在藝術學院（School of Fine Arts）和國家畫廊（National Gallery）進行研究時，她們給我許多引導和協助；還有雅典的希臘婦女萊西恩圖書館（library of the

Lyceum of Greek Women）館長，以及佛吉亞市（Foggia）的市鎮廳圖書館（Town Hall library）館長。他們提供對於賽佛瑞歐・亞塔穆拉的作品的古老義大利文藝評；還有帕佛里娜・波西納吉（Pavlina Bossinaki），她翻譯了許多關於義大利文參考書目。基於種種理由，我還要感謝妮基・薩奇歐提（Nike Zachioti）、亞里基・艾維斯塔（Aliki Asvesta）、瑪莉・希納（Mary Schina）、芬妮・席賈克（Fanny Tsigakou）、米蘭達・特索波洛（Miranda Terzopoulou）、蒙妮卡・柏里斯（Monica Berlis）、尤格斯・史塔馬提歐（Yorgo Stamatiou），以及安東尼斯・萊哥斯（Antonis Liakos）。最後，我要感謝伊萊斯・柯維拉斯（Ilias Kouveals）和我們的女兒凱維莉（Kyveli），兩年前的夏天，他們陪我去佛羅倫斯、羅馬、那不勒斯和佛吉亞進行相關研究。

如果我不感謝愛蓮妮・潘柏基（Eleni Panbouki），我就太疏忽了。她代表聯合黨（Coalition Party）邀請我，要我以研究人員和歷史學家的身份，在該黨去年政黨節慶的一項相關活動中，發表關於艾蓮妮・亞塔穆拉－波克拉的演說。我還要感謝《公民》（O Politis）雜誌，刊登了這篇演講稿。

國家圖書館出版品預行編目資料

我可以不是艾蓮妮 / 麗亞.嘉蘭娜基(Rhea Galanaki)著；
汪芸譯. -- 初版. -- 臺北市 : 大塊文化,
2007[民96]
面； 公分. -- (to ; 47)
譯自 : Eleni, or nobody
ISBN 978-986-7059-95-6(平裝)

883.557 96010965

LOCUS

LOCUS

LOCUS

LOCUS